3

ill·히게네코

칸자이 유키

10년만에 재회한 건방진 꼬맹이는 청순 미소녀 여고생으로 성장해 있었다

하루야마미아

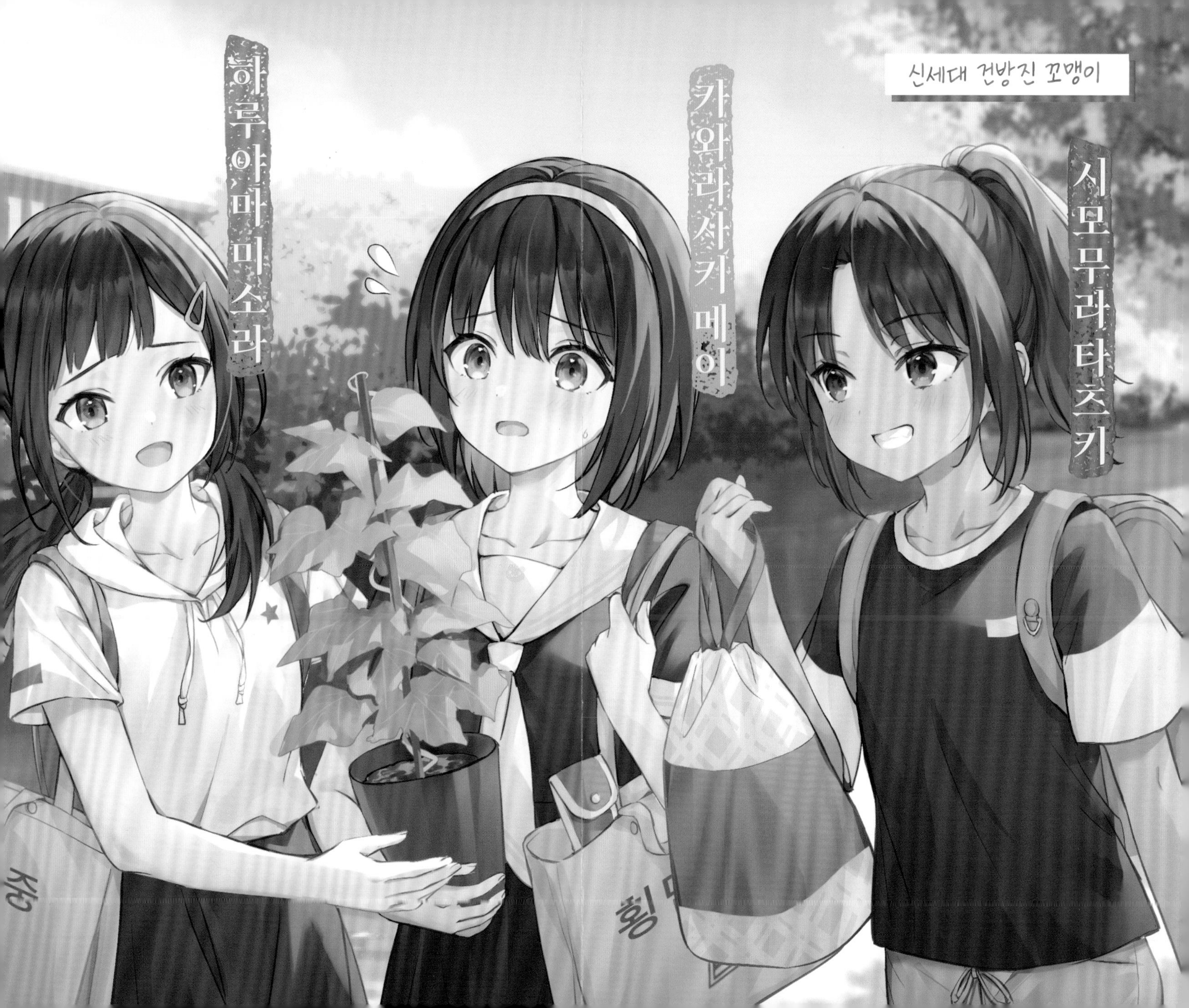
신세대 건방진 꼬맹이
시모무라 타츠키
카와라사키 메이
하루야마 미소라

미소녀 여고생과 수영장

아리즈키 유우

켄도지 아사카

류샤쿠마 히루

칸자이 유키
ill.히게네코

10년 만에 재회한 건방진 꼬맹이는

청순미소녀 여고생으로 성장해 있었다

3

CONTENTS

kanzai yuki

ill.higeneko

KUSOGAKI who met again for the first time
in 10 years has grown into an innocent beautiful girl JK

1

"선생님 안녕. 다들 안녕."

"그래, 안녕. 다들 즐거운 여름 방학 보내."

"아자, 여름 방학이다."

"내일 히로네 집에 모여."

"2학기에 보자."

종업식을 끝내고 초등학교는 여름 방학에 돌입했다.

기다리고 기다리던 여름 방학이다.

"미소라, 메이, 집에 가자."

"응."

"기다려어."

여름 방학. 그것은 아이들이 1년 중에 가장 기대하는 이벤트다. 수영장에 축제에 바다에 수박에 빙수⋯⋯.

생각만 해도 가슴이 두근거린다.

'여름 방학의 친구'라는 적도 있지만 뭐, 대부분의 방학 숙제는 7월 안에 해치울 것이니 큰 문제는 아니다. 언니는 오늘부터 시험이 시작돼서 아침부터 바쁘게 움직였다. 후후후, 한발 먼저 여름 방학을 즐겨볼까.

"메이, 그거 전부 가지고 갈 수 있어?"

난 온몸을 짐으로 중무장한 친구를 바라봤다.

오른손에는 반 전체에서 각자 키우고 있는 박 화분. 왼손에 쥔 횡단백* 속은 체육관 운동화와 리코더, 색연필 등, 잡다한 물건으로 빵빵했다. 란도셀에는 모든 과목의 교과서와 노트가 빼곡하게 차 있으며 어깨에 걸친 체육복 주머니가 걸을 때마다 흔들렸다.

　왜 조금씩 집에 가져가지 않은 거야, 라는 핀잔을 주려다가 참았다. 말해서 들을 여자가 아니라는 것은 유치원 시절부터 알고 지내서 잘 알고 있다.

　흑발 숏컷에 머리띠를 하고 몸집이 작은 메이는 균형을 잡으면서 아장아장 걸었다.

　"미소라도 타츠키도 가벼워 보여서 부러워어."

　"나랑 미소라는 계획적으로 가져갔으니까."

　타츠키가 텅 빈 횡단백을 들어 보였다. 긴 흑발을 포니테일로 묶고 햇볕에 잘 탄 건강한 피부가 활발한 그녀에게 잘 어울렸다.

　"그래 그래— 아니, 위험해."

　계단에서 굴러떨어질 뻔한 메이의 란도셀을 붙잡아 층계참으로 끌어올렸다.

　정말이지 이 덜렁이는.

　"으헤에."

　"으헤에, 는 무슨. 어쩔 수 없으니까 박 들어줄게."

　내가 화분을 들어줬다. 꽤 무겁네.

―――――――

*노란 바탕에 횡단보도 표식이 그려진 보조 가방. 시즈오카에서는 널리 사용되나 다른 지역에서는 잘 사용하지 않아 시즈오카 특유의 문화로 인식되고 있다.

"그럼 난 체육복 주머니 들어줄게."

"둘 다 고마워."

교사에서 나오자마자 강한 햇볕이 내리쬈다.

"더워."

"오늘은 30도 넘는대."

"타츠키, 그거 진짜야?"

"아침 일기예보에서 그랬어."

"싫다~…… 더워."

마침 지나간 철봉을 만져보니 엄청 뜨거웠다. 태양에 달궈진 모양이다.

"요즘은 계속 에어컨 틀어놓고 있어. 장마 끝난 지 얼마 안 됐는데 너무 덥지."

"우리도. 특히 언니가 더위에 약해서……."

언니는 더위에도 추위에도 약하다.

"그보다 말이야, 내일 셋이서 수영장에 안 갈래?"

"좋네."

"두, 둘 다 기다려줘어."

메이가 한심한 목소리를 냈다.

"느리다구, 메이."

타츠키가 체육복 주머니를 붕붕 돌렸다.

"그치만~, 더운걸."

여름의 더위와 짐의 무게 때문에 메이가 평소보다 더 느렸다. 우리보다 5미터는 뒤에 있는 상황. 뭐 그래도 이해가 안 되는 건 아니다. 여름엔 여러 이벤트가 있어서 즐겁지만, 더운 것만큼은 정말 견디기 힘들다. 잠깐 밖에 나가는 것만으로 땀을 흘리는 건 좀 아니지.

바로 땀이 목을 타고 흘렀다.

오늘은 집에 가면 바로 언니가 숨겨둔 아이스크림을 먹자. 냉동실 안쪽에 있는 냉동 볶음밥 뒤에 숨겨뒀다는 건 알고 있으니까.

익숙한 통학로도 평소와 시간대가 달라서인지 사람의 왕래가 많았고 차도 많이 달렸다. 아직 점심때도 안 됐는데 배고프네.

하아, 그건 그렇고 덥다.

"그러고 보니 말이야."

타츠키가 횡단백을 들어 올렸다.

"왜?"

"별 얘기는 아닌데, 횡단백은 시즈오카에만 있대."

"그런 거야아?"라고 말하는 메이.

"응, 시즈오카현의 초등학생만 이걸 쓴대. 지난번에 텔레비전에서 방송했어."

"흐음."

"……."

정말 별 얘기는 아니었다.

그렇게 힘없이 걷고 있으니 뒤쪽에서 경적이 울렸다. 놀라서 뒤돌아보니, 하얀 차가 우리를 앞지르고 멈췄다.

"아."

"저거 미소라네 아빠 차 아니야?"

타츠키가 말했다.

"아니."

분명 저건…….

차 옆까지 가니 얼빠진 아저씨의 얼굴이 잘 보였다.

"안녕, 미소라."

여전히 무해해 보이는 평범한 남자다.

"아저…… 유우 씨잖아. 뭐 해?"

"잠깐 장 좀 보러. 근데 우연히 미소라를 발견해서 말이야."

"어라? 미소라의 아빠가 아니잖아."

타츠키가 차 안을 들여다봤다.

"누구야? 이 아저씨. 미소라, 알고 있어?"

아저…… 유우 씨는 쓴웃음을 지었다.

"아저…… 친구니?"

"이 사람은 있지, 나도 잘 모르겠지만 언니의 아는 사람이라해야 할까, 친구라 해야 할까. 뭐, 나쁜 사람은 아니야."

"흐음, 미야 씨의."

"그보다 마침 잘 왔어. 유우 씨, 태워다줘. 괜찮아?"

"괜찮은데. 그럼 거기 있는 둘도 타고 가."

"땡큐. 둘 다 사양 말고 타. 이거 원래는 우리 집 차니까."

"잘됐다, 감사합니다."

"가, 가 감사, 합니다."

지옥에서 부처님을 만난다는 게 이런 걸 말하는 걸까. 특히 메이한테는. 내가 조수석, 메이와 타츠키가 뒷좌석에 앉았다.

"〈문 나이트 테라스〉 앞까지만 가줘. 거기서는 둘 다 집이 가까우니까 걸어갈 거야."

"그래."

"오~, 시원해."

타츠키가 말했다. 차 안은 냉방이 되어 있어서 땀이 단숨에 식어갔다.

"얘가 시모무라 타츠키고 쟤가 카와라사키 메이. 이 아저씨……오빠는 아리츠키 유우 씨고 〈문 나이트 테라스〉 사람이야."

유일하게 모두와 접점이 있는 내가 소개했다.

"〈문 나이트 테라스〉라면 찻집? 저 옛날에 엄마랑 같이 가끔 갔어요. 요즘은 못 가고 있지만."

타츠키가 그렇게 말하자 유우 씨는 웃음을 띠었다.

"그래, 고마워. 이제 다들 여름 방학이야?"

"오늘부터예요. 아까 종업식 끝냈어요."

메이가 대답했다.

"그렇구나, 그래서 그렇게 짐이 많구나."

"하하하."

"그러고 보니 아저…… 유우 씨, 아사카를 보러 갔다면서?"

"그래 그래 카나가와까지…… 아니, 미소라, 아사카를 알고 있어?"

"알고 있는데. 어릴 때부터 같이 놀아줬는걸."

"지금도 어리지 않아?"

"시끄러. 잘 지내고 있었어?"

"어, 어어, 응. 잘 지내고 있었어. 아사카도 방학하면 이쪽으로 돌아온대."

"흐음~."

이윽고 〈문 나이트 테라스〉 앞의 주차장에 들어왔다.

"여기까지면 돼?"

"응, 고마워."

"감사합니다."

"감사합니다아."

차에서 내리자 다시 찌는 듯한 열기가 우리를 감쌌다. 우리는 되도록 그늘을 걸으면서 서둘러 돌아갔다.

2

"있잖아, 엄마. 내일 미소라랑 메이랑 수영장에 갈게."

"뭐어? 안 돼, 내일은 테니스 하는 날이잖아."

"어? 아, 그런가."

그러고 보니 내일은 테니스 학교의 연습이 있었다.

"낮부터니까 그때까지라면 괜찮은데."

"에~."

오전 중에만 가면 어중간하게밖에 못 노는데.

"그럼 모레 가면 되려나."

엄마의 영향으로 시작한 테니스는 즐겁지만, 햇볕에 피부가 타는 게 곤란하다. 특히 여름은 햇볕이 강해서 엄청 새까맣게 돼버린다.

"모레는 괜찮아?"

"괜찮아~."

나중에 둘에게 연락을 해둬야겠다.

"아, 그렇지 타츠키. 내일부터 라디오 체조도 있어."

"네~."

라디오 체조인가, 귀찮아.

난 발치에 있는 고양이를 안고 거실의 소파에 걸터앉았다.

1

"——그러니 여러분, 하계 휴가에 들어가도 히유리의 숙녀라는 자각을 충분히 가지고 항상 주위의 시선을 의식하여 품격을 잃는 일이 없도록 하세요. 인생에는 신나게 노는 것도 필요하겠죠. 하지만 우리 학교의 교훈인 '고상하게, 고요하게, 강하게'를 마음 한구석에 두는 걸 잊지 마세요. 그리고——"

강당에서 행해진 종업식을 끝낸 나—— 겐도지 아사카는 친구들과 함께 기숙사로 돌아갔다.

"교장 선생님 말씀은 여전히 길다구~."

나는 "15분은 계속 말하셨지"라고 대답했다.

"교훈 얘기에서 끝냈으면 딱 좋았는데, 거기서 더 잇는단 말이지."

연결복도에 비치는 햇빛이 빨간 세일러복에 내리쬤다.

기다리고 기다리던 여름 방학이다. 짐을 싸야 한다.

"오늘로 겨우 1학기도 끝인가아. 겐도지 씨는 집에 간다고 했지?"

"네. 오늘 점심 전에는 출발할 생각이에요. 텐류지 씨도 집에?"

"아니, 난 외부 수험생이니까 여기에 남아서 매일 공부해야 해. 뭐, 오봉에는 돌아갈 생각이지만."

"그래요, 힘들겠네요."

히유리 학원의 내부 진학률은 전체의 70퍼센트 정도다.

"겐도지 씨, 요즘 왠지 기분이 좋아 보이네요."

쿠죠 씨가 말했다.

"그런가요?"

"네, 그렇게 여름 방학을 고대하고 있었군요."

"뭐 그렇죠."

"그 여유에 찬 표정…… 설마, 남자 친구라도 생겼어?"라고 말하는 히무라 씨.

"……후후."

"어? 뭐야 그 잠깐의 정적은. 아니 아니, 거짓말이지? 잠깐잠깐, 새치기는 금지라고?"

텐류지 씨가 허둥거렸다.

"남자 친구라뇨…… 우후후."

그 사람은 남자 친구라는 보잘것없는 말로는 도저히 표현할 수 없을 정도의 존재다. 말하자면 내 모든 것이자 내 인생 그 자체. 이때까지 죽어 있던 내 마음을 되살려줬다.

요 몇 주 동안은 빨리 유우 오빠를 보고 싶어서 참을 수가 없었다. 쇼난에서의 시간을 몇 번이고 몇 번이고 회상하고 음미했다. 그 사람은 지금 무엇을 하고 있을까. 이제 몇 시간만 있으면 만날 수 있다.

그걸 생각하면 자연스럽게 웃음이 번진다.

"게, 겐도지 씨? 우리, 히유리의 숙녀로서 순결은 지키자고 서로 맹세했지?"

"우후후."

"우릴 내버려 두고 남자를 만드는 건 아니겠지?"

"우후후."

2

종업식을 끝내고 난 마히루의 반으로 향했다. 드디어 여름 방학이다.

"마히루~, 이제 갈 수 있어?"

"미야? 조금만 기다려. 이 뒤에 배구부 모임이 있어."

"연습?"

"아니, 여름 방학 일정 협의 같은 거야. 10분 정도면 끝나."

"그럼 교실에서 기다릴게."

마히루네 배구부는 전국 고등학교 선수권 대회가 목표라서 3학년들도 은퇴 시기는 2학기 이후가 된다고 한다. 화장실에 들르고 자판기에서 주스를 사서 교실로 돌아가니 아직 남학생들이 남아 있었다.

어떡하지.

남자애랑은 대화를 그다지 안 하고, 그렇다고 해서 아무 말도 안 하고 교실에 들어가는 것도 왠지 거북하다. 게다가 내가 상대하기 어려워하는 인싸 그룹이다. 그들이 돌아갈 때까지 다른 곳에 피난해 있자. 그렇게 생각해서 발길을 돌리려던 순간 한 사람과 눈이 맞았다.

"아, 하루야마잖아."

반의 중심인물인 아라키다. 그를 필두로 남자들이 이쪽으로 줄줄 다가왔다.

땀이 등줄기를 타고 흘렀다.

"있잖아, 하루야마도 뒤풀이 안 갈래?"

"어?"

무슨 뒤풀이지.

정말이지, 인싸는 무슨 일이 있을 때마다 뒤풀이를 하고 싶어 한다. 1학년 때 딱 한 번 체육 대회 뒤풀이에 참가한 적이 있는 데 떠들썩한 분위기를 따라가지 못해 그때 이후로는 참가하지 않도록 해왔다.

"어? 그게……."

"이따 노래방 갈 건데. 어때?"

"미, 미안, 오늘은 좀…… 볼일이."

반 친구들 앞에서 노래를 한다니 당치도 않다.

"그래? 그럼 비어있는 날 가르쳐줘. 맞다. 아직 하루야마랑 라인 교환 안 했지."

"저기, 그……."

거리낌 없이 다가오는 아라키로부터 어떻게 도망칠까 생각하고 있는데 갑자기 어깨를 잡아끌렸다.

"꺅."

뒤통수에 말랑한 감촉이.

"늦잖아, 미야."

"마, 마히루우."

"류, 류샤쿠."

"야, 철벽성녀 두 명이 모였다고."

"여전히 크구만."

"파묻히고 싶다."

"오, 그렇지, 류샤쿠도 같이──"

남자들보다 키가 큰 마히루는 아라키를 내려다보면서 말했다.

"미안, 볼일 있으니까 애 좀 빌려 간다."

"어, 어어."

"자, 가자. 미야."

"응."

마히루에게 손을 잡아끌렸다.

"빨리 끝났네."

"의외로 빨리 끝났어."

마히루는 걸으면서 선크림을 발랐다. 어릴 때는 매년 햇볕에 바싹 탔지만, 벌써 몇 년이나 햇빛에 탄 마히루를 못 봤다.

"미야도 쓸래?"

"고마워."

"아사카도 여름 방학 한대. 오늘 중으로 돌아온다고 했는데."

"응, 오늘 오후에 역에 도착하나 봐."

"그럼 유우 오빠도 데리고 마중 나가주자."

"그렇네."

그리고 오후 1시.

우리는 후지노미야역 북쪽 출구에 모였다.

역에서 나온 사람들은 지상의 버스 터미널로 내려갔다. 아마 저 단체는 관광객일 것이다. 몇 분마다 사람이 역에서 쏟아져 나오고 빨려 들어갔다.

햇빛에 탄 아이들, 운동복 차림의 학생에 땀에 젖어 얼룩이 생긴 와이셔츠를 입고 있는 샐러리맨. 몸통보다 큰 배낭을 멘 외국인은 그 아웃도어스러운 분위기를 보아하니 분명 등산객일 것이다.

다들 하나같이 활력이 넘치는 것처럼 보이는 건 여름이기 때문일까. 북쪽을 보니 후지산이 우리를 지켜보고 있었다.

"덥네."

마히루는 폴로셔츠의 단추를 전부 풀고 펄럭거리며 바람을 부쳤다. 아까 전까지—— 학교에 있는 동안에는 빈틈없이 잠그고 있었는데.

"자."

"꺅."

목에 차가운 자극. 놀라서 돌아보니 유우 오빠가 캔주스를 손에 들고 웃고 있었다.

"정말, 깜짝 놀랐잖아."

"미안 미안, 어떤 게 좋아?"

역사 안의 자판기에서 마실 것을 사 온 듯했다.

"난 콜라."

마히루가 유우 오빠 곁에 다가왔다.

"그럴 줄 알았어…… 자."

"고마워."

치익 하고 상쾌한 소리가 났다. 마히루는 정말 콜라를 좋아하는구나…… 그보다 지금 완전히 가슴골이 보였는데?!

저 젖탱이, 자각이 없는 건가, 아니면 노린 건가…….

"미야는 뭐 마실래? 결국 차랑 캔커피밖에 없지만."

"차 줘, 응, 고마워."

목을 축이고 아사카를 기다렸다.

"왠지 기분 좋아 보이네."

"아니, 드디어 너희 셋이 모인다고 생각했더니…… 왠지 진정이 안 돼서."

유우 오빠는 그렇게 말하고 서성거리기 시작했다.

"어디 사는 누구랑은 다르게 우린 아무 데도 안 가는데."

"그치~."

"시, 시끄러."

"아하하."

우리의 관계가 시작된 시기도 7월이었다. 내가 마히루와 아사카를 데리고 와서 유우 오빠에게 소개해주고, 그렇게 여러 가지를 했다. 빈집 탐색을 하기도 하고, 이○에 가서 미아가 되기도 하고, 수영장에 가기도 하고, 여름 축제에서 불꽃놀이를 보기도 하고…….

그게 넷이서 보낸 처음이자 마지막 여름. 하지만 지금부터 다시 시작된다. 우리의 여름이——.

"오, 아사카다."

마히루가 말했다.

역사 쪽을 바라보니 절친한 친구의 모습이 눈에 띄었다. 밀짚모자에 하얀 원피스를 입은 아사카가 이쪽으로 달려왔다.

"미야, 마히루."

"아사카아."

"어서 와아."

겨우 넷이 모였다. 아사카는 그대로 유우 오빠가 있는 쪽으로 향했다.

그리고──.

"유우 오빠."

"우오."

그대로 유우 오빠에게 안기더니 등에 양손을 두르고 목 부근에 얼굴을 묻었다.

"어? 어?"

뭐, 뭐 하는 거야, 사람들이 다니는 길에서. 재회를 기뻐하는 포옹── 같은 분위기가 아니다. 이건 마치…….

"자, 잠깐만, 아사카?"

뒤늦게 둘이 있는 쪽에서 '쪽' 하고 소리가 났다.

뭐?

아사카의 머리에서 밀짚모자가 떨어지고 긴 흑발이 사르르 흔들렸다.

"이, 이봐, 아사카……"라고 말하는 유우 오빠.

겨우 몇 초밖에 안 되는 시간이었지만 그 충격은 엄청났다.

"에헤, 짜다."

아사카는 유우 오빠의 목에서 얼굴을 떼더니 입술을 할짝 핥았다. 유우 오빠는 목을 잡은 채로 얼굴을 빨갛게 물들이고 있었다. 더위 때문일까, 아니면 아사카 때문일까…….

평소에는 대담한 마히루 역시 놀라움을 숨기지 못하는 기색으로 어안이 벙벙한 표정을 짓고 있었다.

"다들, 기다렸지."

아사카는 밀짚모자를 줍고 평소와 다름없는 침착한 모습으로 그렇게 말했다. 마치 아무 일도 없었던 것처럼 자연스러운 목소리와 웃는 얼굴. 하지만 그 얼굴이 살짝 상기되어 있는 것을 난 놓치지 않았다.

"……기다렸지, 가 아니라고~."

"왜 그래, 미야?"

"왜 그래, 가 아니지! 가, 갑자기 아, 아, 안……."

"안?"

"이렇게 사람들이 다 보는 데서 안기다니, 무슨 생각이야!"

"아, 그런 거구나."

아사카는 담백하게 말했다.

"그런 거라니……."

"미야도 마히루도 어릴 때는 안기거나 했잖아."

"그, 그건 어릴 때라서 그렇지!"

"그런 건 상관없어. 우리랑 유우 오빠 사이인걸. 이 정도는 딱히 이상하지 않아."

"그렇다고 해서……."

아사카는 '그리고'라고 말하며 마히루를 봤다.

"마히루도 유우 오빠랑 재회했을 때 들떠서 그대로 안겼다고 했지."

"어? 아~, 뭐, 그렇긴 한데."

"그거랑 같은 거야. 오랜만에 유우 오빠를 만나서 나도 모르게 안겼을 뿐. 유우 오빠가 돌아온 이후로 둘은 쭉 같은 마을에서 살아서 **언제든지** 만날 수 있는 상황이잖아?"

"뭐, 확실히 그렇지"라고 말하는 마히루.

스킨십의 거리감에 무신경한 마히루는 거의 납득을 한 모양이었다.

"난 가끔만 볼 수 있으니까 그 점도 이해해주면 좋겠어."

"음~."

듣고 보니, 그럴…… 지도? 아니 그래도, 아무리 유우 오빠랑 우리 사이라고 해도, 이젠 서로 어른인데…….

"그리고 미야도 똑같은 입장에 서면 분명 똑같이 할 거야."

"난 그렇게 하지는…… 아."

이름 맞히기 게임을 하면서 유우 오빠가 내 정체를 알아차렸을 때, 감정이 벅차올라 서로 껴안은 게 갑자기 떠올랐다.

"……."

하, 하지만 그건 그 자리의 분위기라 해야 할까, 흐름 같은 것도 있었고, 겨우 알아줬다는 기쁨도 날 밀어줬고…….

"왜 그래? 미야."

"아니, 하지만 보통 키스까지는 안 하지."

"키스?"

"시치미 떼도 소용없어. '쪽' 하는 소리가 들렸는걸."

"아, 속도가 너무 붙어서 입술도 붙어버렸을 뿐이야. 딱히 입과 입으로 한 것도 아니고. 호들갑이야."

"호, 호들갑이라니."

"그리고 미야가 했던 **이름 맞히기 게임에 비하면** 이런 건 별 것 아니지, 보통이야."

"으……."

그, 그걸 비교 대상으로 삼으면……

"세 달 가까이나 다른 사람인 척을 하면서 유우 오빠를 대하다니, 그거야말로 대단한 일이라니까."

"확실히 그렇지."

마히루가 동조했다.

"그때는 나도 고생했어."

"그만해, 내 흑역사를 들춰내지 마."

"미안 미안. 그런 것보다 선물 가져왔으니까 나중에 다 같이 먹자."

아사카는 발치에 있는 종이봉투를 들어서 보여줬다.

선물?

"카마쿠라의 오래된 화과자 가게에서 사 왔어. 다과로 딱이야."

"와~."

아사카가 핥은 목덜미가 뜨겁다. 심장이 아플 정도로 쿵쿵 뛰었다.

그 뜨거운 감촉…….

내 예상이 맞다면 아사카는 내 목을 혀로 핥아서…….

이 불볕더위에 난 적지 않은 땀을 흘렸다. 물론 목덜미에도…….

왠지 열어서는 안 되는 문이 열리려고 해서 난 아버지의 알몸을 생각하며 흥분을 억눌렀다.

"유우 오빠, 가자."

"어, 어어."

난 미야에게 불려 계단을 내려가, 앞에서 걷는 세 명을 따라갔다.

"아사카는 언제까지 방학이야?"

마히루가 물었다.

"9월 1일까지야."

"호~, 꽤 기네. 그럼 8월 내내 여기에 있을 수 있는 거야?"

"응."

아사카는 걸으면서 거리를 관찰하듯이 눈을 움직였다. 얼굴에 가끔 슬픈 듯한 기색이 떠오르는 건 경치의 변화를 찾아냈기 때문일까.

"어떡할래? 이대로 〈문 나이트 테라스〉에 갈래? 아니면 어딘가에서 밥 먹고 갈래? 아사카는 점심 먹었어?"

미야가 우리를 둘러봤다.

"실은 아직. 다들 먹었어?"

"우리도 안 먹었어."

"좋아, 그럼 밥 먹고 갈까. 내가 사줄게."

우리는 이〇의 푸드 코트에서 점심을 먹고 〈문 나이트 테라스〉
로 돌아왔다.

내 방에 미야, 마히루, 아사카가 있다.

이렇게 넷이서 이 방에 모이는 건 고3 이후로 처음인가. 지금
은 이 녀석들이 고등학교 3학년. 시간의 흐름은 정말 빠르다. 그
렇게 작았던 이 녀석들이 이렇게 크다니.

"왜 그래? 유우 오빠."

마히루가 얼굴을 들여다봤다.

"왠지 감회가 깊어서."

"?"

"옛날 생각이 좀 났거든."

추억이 담긴 이 방. 저 침대에 셋이 자주 뒹굴었지. 게임을 하
기도 하고, 텔레비전을 보기도 하고, 가끔은 낮잠을 자기도 하
고, 숙제를 봐주기도 하고……

여러 가지를 하고 놀았지.

처음엔 일방적으로 방이 점령당해서 민폐라 생각했지만, 어느
샌가 스스로 이 녀석들과 보내는 일상을 즐기고 있었다. 성장한
세 사람에게 꼬맹이 시절의 모습이 겹쳐졌다.

장난을 아주 좋아하는 말괄량이 소녀 미야는 차분한 문학소

녀로.

활발하고 남자아이 같았던 마히루는 크게 자라서 모두를 이끄는 똑 부러지는 사람으로.

어리광쟁이에 외로움을 잘 타던 아사카는…… 그다지 변하지 않았네.

"미야, 마히루, 아사카."

세 사람의 얼굴을 순서대로 봤다.

엄청 새삼스럽지만 다시 이 말을 해야 한다.

"다녀왔습니다."

"어서 와요."

"어서 와요."

"어서 와요."

3

여름이 되면 〈문 나이트 테라스〉의 손님 수도 증가하는 경향이 있는데, 본격적으로 여름 방학 기간에 들어가면 그런 경향이 한층 더 현저해진다. 학생과 어린이 동반객, 다른 현에서 온 관광객 등, 다양한 손님층이 끊임없이 가게를 방문한다.

그러나 오늘은 그런 사정을 감안해도 평소보다 더 손님이 많아 아버지도 어머니도, 그리고 나도 눈코 뜰 새 없는 하루였다.

"어서 오세요."

"이쪽 테이블에 앉으세요. 세 분이시네요."

가게의 수용 인원이 한계까지 가는 상황이 계속됐다.

"네~, 잠시 기다려주세요."

아버지와 어머니는 용케 둘이서 가게를 운영했네.

"감사합니다."

오늘도 아침부터 녹초가 될 때까지 일했다. 장사가 잘되는 건 좋은 일이지만 조금 지쳐버렸다.

침대에 털썩 엎드렸다.

인간이란 존재는 한번 누우면 좀처럼 일어날 수 없게 된다. 침대에는 사람을 붙잡는 마술적인 힘이 있는 게 틀림없다. 실제로 잠깐 쉬려고 했을 뿐인데, 난 더 이상 자력으로 일어설 수조차 없을 정도로 힘이 빠져 있었다.

일어서, 일어서는 거다, 나.

"으, 으으음."

안 된다. 마치 내 다리에서 보이지 않는 뿌리가 자라나 침대 깊숙이 파묻혀버린 듯한 느낌이다. 게다가 수마도 동시에 찾아왔다.

왠지 악덕한 세계에 몸을 뒀던 나날이 떠올랐다. 회사에서 돌아와 밥도 먹지 않고 침대로 직행한 그 지옥 같은 나날이⋯⋯.

안 된다, 이대로 가면 졸음과 악덕 기업에서의 기억이 섞여 악몽으로 직행해버린다. 그때, 귀에 익은 쾌활한 목소리가 귀에 들렸다.

"안녕~, 유우 오빠."

"오, 마히루구나."

운동복 차림의 마히루가 방에 찾아왔다. 부활동을 마치고 돌아오는 길인지 에나멜백을 어깨에 메고 있었다.

"다른 둘은 아직 안 왔어?"

"응. 아사카는 낮에 가게에 왔었는데, 볼일이 있어서 집에 일단 돌아갔어. 미야도 좀 있으면 올 거야. 그러니까 마히루가 실질적인 1등이지."

오늘은 넷이서 저녁을 먹으러 갈 계획을 세워뒀다.

마히루는 침대 끄트머리에 앉았다.

"오늘도 더웠어."

"그러게……. 난 가게 안에 있었으니까 잘 모르겠지만."

"작열이라고, 작열. 조금 움직이기만 해도 땀이 흠뻑 나는걸."

"음, 그렇구나. 이 방이 더우면 아래에서 기다려도 돼."

내 방에서는 아직 선풍기가 핵심 전력으로 활약하고 있다.

"괜찮아, 통풍이 최악으로 안 되는 제2체육관보단 나으니까."

"아~, 거기 덥지."

"유우 오빠도 거기서 했어?"

"가끔 했지~. 제1을 못 쓰고 마침 배구부가 딱 쉬는 날일 때."

마히루 덕에 기분전환이 됐다. 몸의 피로는 그대로 남아 있지만.

"왠지 말이야, 유우 오빠 기운 없지 않아?"

"그래?"

"더위 먹었나?"

"조금 지쳤을 뿐이야. 오늘은 평소보다 더 바빠서. 조금만 쉬게 해줘."

"……그래서 계속 엎드려 누워있구나."

"시끄러~."

"흠~. 주스라도 마실래? 피곤할 땐 단걸 먹으면 좋아."

"아니, 괜찮아."

달달한 것으로 지금 내 피로가 회복될 것 같진 않다. 그래, 오늘은 고기를 먹자. 피로를 회복하려면 고기밖에 없다. 간이다. 내 몸은 지금 간을 원하고 있다.

문득 다리에 압박감을 느꼈다.

"응, 뭐 하는 거야."

보니까 마히루가 몸을 이쪽으로 향하고 내 다리를 주무르고 있었다.

"마사지 해줄게. 우와, 다리가 빵빵하잖아."

"그야, 오늘은 휴식도 없이 계속 서 있었으니까."

마히루의 가는 손가락이 종아리에서 허벅지로 이동했다.

"어때? 시원해?"

"그래, 시원해."

딱딱하게 굳은 피로가 녹아가는 듯한 느낌이다.

5분 정도 들여서 양 다리의 마사지를 끝낸 마히루는 이번에는 내 허벅지 뒤쪽에 올라타 손가락으로 허리를 누르기 시작했다. 꾹, 꾹, 조금씩 위로 이동하면서 체중을 실어갔다.

"으어어, 끄으, 우어어어."

"손님, 많이 뭉쳐있네요~."

아프다, 하지만 시원하다.

하, 하지만 여고생에게 마사지를 받는 건 뭔가 반쯤 범죄 같은 느낌이 들어서 견디기가 힘들다. 여고생 마사지라는 진짜 여고생이 접객하는 수상한 가게가 예전에 존재했다고 하는데, 이제는 단속 대상이라 할 정도니…….

"으헤에."

이성이 날아가 버릴 정도로 녹아내리는 듯한 시원함에 난 저항할 수 없다. 하반신에 느껴지는 마히루의 체중과 체온. 절묘한 힘 조절에 피로가 가시는 상쾌함.

"영차, 영차."

이윽고 마히루의 손은 등줄기, 그리고 어깨 부근까지 도달했다.

"우와, 딴딴해. 지금부터는 좀 아플지도."

마히루는 그렇게 말하고 한 번 일어섰다.

"에…… 아프다니?"

그리고 마히루는 다시 허리 근처에 올라타더니 왼손으로 내 오른쪽 어깨를 누르고 다른 한 손으로 내 오른팔을 들어 올렸다. 무엇을 하는 걸까 생각하고 있으니——

"으악!"

둔통이 내 오른쪽 어깨 부근을 습격했다.

"아, 아파, 아파."

뜨, 뜯어진다. 무슨 짓을 당하고 있는지 이쪽에선 전혀 안 보이지만, 등이 뜯어지는 것 같은 느낌이 들어!

"뭐 하는 거야, 마히루! 아, 아파!"

"참으라니깐. 날뛰면 더 아파."

"히익."

저항했지만 힘은 마히루가 더 세서 난 어쩔 도리 없이 그 아픔을 받아들일 수밖에 없었다.

"그럼 다음은 왼쪽이야."

"으그그그극."

이때까지의 극락 같은 시원함과는 정반대인 지옥 같은 시간이었지만, 끝나고 보니 의외로 어깨가 가벼워서 날개가 돋아난 것 같은 느낌이었다.

"오오, 오오!"

"어때?"

난 침대 위에 서서 몸 전체의 가벼움에 경악하고 있었다. 방금까지 날 구속했던 피로는 흔적도 없이 사라져 지금이라면 과장이 아니라 뭐든지 할 수 있을 것 같았다.

"시원했어. 고마워, 마히루."

"헤헤."

함박웃음이 돌아왔다.

"그럼 다음은 내가 해줄까."

"어? 아, 아니, 난 됐어."

"사양하지 마."

마히루도 부활동을 하느라 피곤할 텐데. 게다가 그런 큰 것을 달고 있으면 분명 어깨가 결릴 것이다.

"자, 저기 보고 앉아."

반쯤 강제로 마히루를 침대 위에 앉혔다.

이래 봬도 난 어깨 안마에 관해서는 웬만한 사람보다 뛰어난 기술을 가지고 있다고 자부하고 있다. 상사와 단골 거래처 사람의 어깨를 주물러 온 지 10년, 내 손에 배어든 안마 테크닉을 맛봐라.

마히루의 가는 어깨를 만졌다.

"아…… 앙."

"어때?"

중요한 것은 어깨에 맞춘 힘 조절이다.

마히루는 키가 크다고 해도 여자아이이니까 너무 세게 하지 않는 편이 좋다고 생각하기 쉽지만, 배구는 어깨를 혹사하는 스포츠다. 전력으로 간다.

엄지로 꾹꾹 밀어 올리고 남은 네 손가락으로 다시 되돌리듯이 풀었다.

"좋아?"

"응, 조, 좋아."

"안 아파?"

"아니…… 으응, 괜찮아."

마히루의 호흡이 거칠어지기 시작했다. 후후후, 내 안마 테크닉에 몸부림쳐라.

"하아, 하아…… 앗."

마히루의 목소리가 방 안에 메아리쳤다.

"으으, 응……."

이렇게까지 반응이 좋으면 나도 하는 보람이 있네. 왠지 재밌어지기 시작했어.

"자, 좋냐!"

"아, 좋아…… 앗."

"여기냐? 여기가 좋은 거냐?"

"좋아."

"어디가 좋은 거냐, 말해봐라!"

"거기, 거기가…… 앙."

그때였다. 문이 힘차게 열리고 미야의 화난 목소리가 들려왔다.

"두, 둘 다 뭐 하는 거야~…… 어라?"

미야와 아사카가 문 앞에 서 있었다. 내가 손을 멈추자 마히루는 힘이 빠진 듯이 침대에 쓰러졌다.

"아으."

"너희들 드디어 왔구나. 그보다 미야, 왜 소리치는 거야."

"어? 아, 아니 뭔가 이상한 목소리가 들려서, 이상한 짓을 하고 있는 게 아닌가 해서."

미야는 얼굴을 빨갛게 물들이고 고개를 숙였다.

"이상한 짓이 뭐야."

"뭐 하고 있었어요?"라고 묻는 아사카.

"어깨를 주물러주고 있었을 뿐이거든. 그치?"

"으, 응"이라며 마히루가 작은 목소리를 흘렸다.

"그보다 얘들아, 오늘은 고기 먹으러 갈 거야. 난 지금 굉장히 고기가 먹고 싶은 기분이야."

"고기? 와~."

미야가 순식간에 환하게 웃었다. 아사카가 그 옆을 지나서 나에게 바짝 다가와 속삭였다.

"유우 오빠, 괜찮으면 나중에 제 어깨도 주물러주실 수 있을까요?"

"응? 좋아."

"고맙습니다."

아사카는 기쁜 듯이 그렇게 말하고 내 손을 잡았다. 아사카도 어깨가 뭉쳤나. 뭐, 아사카도 크니까.

"마히루, 빨리 일어나, 고기라고 고기."

"잠깐, 기다려, 힘이 안 들어가……."

미야가 마히루의 손을 잡아당겨 강제로 일으켜 세웠다.

"고기~!"

명탐정 건방진 꼬맹이

1

편의점에서 돌아오는 길.

"아, 스푼 안 들어있어."

난 비닐봉투 안을 들여다봤다. 안에는 컵 아이스크림 하나가 들어있을 뿐.

"핫핫하, 유우 오빠는 집에 갈 때까지 참아야겠네."

미야가 초코 아이스바를 핥아먹으면서 웃었다.

"아니, 걸으면서 컵 아이스크림을 먹는 바보는 없거든."

"우리처럼 그대로 손에 들 수 있는 걸 샀으면 좋았을 텐데."

마히루가 모나카 아이스크림을 베어 먹었다.

"음~."

어쨌든 집에서 먹을 생각이었기 때문에 문제는 없지만, 왠지 손해를 본 기분이 드는 건 왜지?

"유우 오빠, 한 입 먹을래요?"

아사카가 민트초코 아이스바를 내밀었다.

"괜찮아?"

"조심해, 유우 오빠의 한 입은 아사카의 세 입은 되니까."

마히루가 옆에서 말했다.

"그렇게는 안 되거든. 앙, 맛있다. 좋아 좋아, 그럼 나중에 아사카한테도 이걸 한 입 줄게."

"와~."

"어? 그럼 나도 한 입 줄게."

"나도."

건방진 꼬맹이들에게 아이스크림을 한 입씩 얻어먹어——애초에 내가 사준 것이지만——, 입 안이 쨍하게 차가워졌다.

"그러고 보니 말이야, 그거 하고 싶어."

미야가 남은 아이스크림을 한 번에 먹으면서 말했다.

"그거?"

"탐정단을 만들자."

"탐정?"이라며 묻는 마히루.

"사건을 추리해서 해결해주는 거야."

"호오, 재밌을 것 같네."

"응, 재밌을 것 같아."

아사카도 동의했다.

이거야 원, 이번엔 뭐에 영향을 받은 거지? 코ㅇ 영화라도 본 건가?

"너희들, 탐정단이라니 뭘 하려는 거야?"

미야는 입꼬리를 씨익 올렸다.

"그야 뻔하지, 살인사건을 해결하는 거야."

"우리가 이 마을에 도사리는 악을 체포하는 거지."

"그건 경찰이 할 일이네."

그보다 살인사건이라니, 그런 일이 그렇게 쉽게 일어나겠냐. 하지만 탐정단이라는 울림은 추리소설을 좋아하는 내 가슴을 설레게 했다.

이윽고 우리는 〈문 나이트 테라스〉에 도착했다.

"그럼 난 집에 아이스크림 두고 올 테니까, 일단 미야의 방을 탐정단의 비밀기지로 삼을까. 잠깐 기다려."

"네~."

"네~."

"네."

오전 11시 12분. 난 집에, 건방진 꼬맹이들은 이웃집인 하루야마가에 각자 들어갔다.

*

오전 11시 29분. 하루야마가, 미야의 방.

"진실은 할아버지의 이름을 걸고!"

"넌 완전히 포위당했다!"

"탐정이 포기하면, 그 순간 시합은 끝납니다."

이, 이 녀석들, 대사 연습을 하고 있어. 아직 사건을 해결하지도 않았는데.

머리가 아프다.

"좋아, 왔는가, 조수."

"누가 조수냐."

"그럼 미소녀 탐정단 출동이다. 가자~."

미야가 주먹을 치켜들었다.

"오~."

"오~."

"뭐, 탐정만 있어도 어쩔 도리가 없으니까 일단 거리를 어슬렁거리면서 사건을 찾자."

이렇게 겉모습은 아이, 두뇌도 아이인 꼬맹이 탐정단은 거리를 산책하면서 사건의 냄새를 찾아다녔다.

"어딘가에서 살인사건 안 일어나려나~."라며 마히루가 중얼거렸다.

"아, 순찰차다."

"사건인가?!"

"저건 그냥 순찰하는 거잖아."

"살인마가 도망쳐 오면 내가 쓰러뜨려 주는데."

"있잖아, 미야, 잘 생각해봤더니 역시 무서울…… 지도."

"괜찮다니깐. 우리한테는 유우 오빠가 있으니까."

"하지만 유우 오빠는 나보다 약한데~."

"너희들 잘 들어라. 추리라는 건 폭력이 아니라 똑바로 논리적으로 하는 거다?"

"논리?"

미야가 고개를 갸웃거렸다.

공원에 접어들었다. 평소와 다름없는 평온한 풍경이 펼쳐져 있었다.

"――예를 들면, 잠깐 와봐."

난 공원 바닥에 발로 그림을 그렸다. 직사각형의 밑변에 두 개의 동그라미를 달았다.

"알겠냐, 이건 버스다. 이 버스가 오른쪽이나 왼쪽, 어느 방향으로 갈지 알겠어?"

"알 수 있을 리가 없잖아."

미야가 얼굴을 불룩하게 부풀렸다.

"실은 알 수 있단 말이지."

"답은 어느 쪽인가요?" 라고 묻는 아사카.

"오른쪽이야."

"왜요?"

"버스에는 반드시 출입문이 달려 있잖아? 일본에선 차가 도로의 왼편을 달리니까 출입문이 있는 면이 왼쪽을 향하게 되지."

"하지만 이 그림에는 그려져 있지 않아."

마히루가 항의했다.

"그러니까 이쪽에 그리지 않았다는 것은 곧 출입구가 반대쪽에 있다는 뜻이지. 따라서 이 버스의 진행방향, 즉 정면은 오른쪽이니까, 오른쪽으로 간다는 결론이 나오지."

"하지만 안 그려져 있어."

"알 것 같기도 하고 아닌 것 같기도 하고."

"음~, 어려워요."

"공개된 정보를 조합해서 생각함으로써 공개되지 않은 정보를 단계적으로 얻거나 모순을 지적할 수 있지. 이게 추리의 기본이다.”

“음~.”

“음~.”

“음~.”

논리를 쌓아나가는 것이 추리소설의 묘미인데, 꼬맹이들은 아직 이해를 못 하는가. 장래가 불안하다.

그때, ‘어~이’ 하고 귀에 익은 목소리가 들렸다. 운동복을 입은 시모무라 히카리가 가볍게 뛰어서 다가왔다. 한창 러닝을 하는 중인지 목에 수건을 두르고 있었다.

“안녕, 오늘도 사이좋네.”

“뭐야, 시모무라인가.”

“뭐 하고 있어?”

“사건을 찾고 있어.”

미야가 대답했다.

“응? 사건?”

“히카리 씨, 뭔가 사건은 없나요?”

히카리는 아사카에게 질문을 받고 알기 쉽게 곤란해하는 표정을 보였다.

“우리 미소녀 탐정단과 그 조수가 사건을 해결해주지.”

“아아~, 그런 거구나. 그래 알았어. 사건 말이지. 우리 집 고양이들이 밤이 되면 가끔씩 일제히 아무것도 없는 곳을 바라보고 있다던가……?”

“그, 그런 무서운 거 말고 살인사건 같은 게 좋아.”

"어? 마히루, 그게 더 무섭지 않아……?"

시각은 슬슬 12시를 넘기려 하고 있었다. 히카리와 헤어지고 우리는 다시 거리를 서성이며 사건을 찾았다. 하지만 사건이 그렇게 쉽게 일어날 리도 없어서 우리는 한 시간 정도 어슬렁거린 후에 〈문 나이트 테라스〉로 돌아왔다.

오후 1시 9분. 아버지가 컵을 한 손에 들고 테라스석에 나왔다.

"아빠, 휴식이야?"

"……응, 그래."

"실례합니다~."

"실례합니다."

"실례합니다."

"그래, 어서 오너라."

커피를 마시면서 한숨 돌리는 아버지는 신경 쓰지 않고 우리는 가게 안으로 들어갔다.

"전혀 없었어~."

"평화롭다는 건 좋은 일이야, 미야."

"그러고 보니 유우 오빠, 우리도 아이스크림 한 입 먹게 해줘."

"맞다, 그랬지."

난 2층 거실로 올라가서 냉동실을 열었다. 하지만——.

"어라? 아이스크림이 없어."

냉동실 안에 아이스크림이 없었다.

"유, 유우 오빠, 저기."

아사카가 테이블 위를 가리켰다.

오후 1시 11분. 텅 빈 아이스크림 용기가 우리의 눈에 띄었다.

"어…… 잠깐만, 어어?"

"유우 오빠, 우리한테도 한 입 준다고 약속했잖아."

"왜 혼자 먹는 거야!"

"아니야. 내가 아니야…… 내, 내 아이스크림……."

"누군가가 유우 오빠의 아이스크림을 먹었다니…… 어? 이건 혹시, 사건 아냐?"

아사카가 깜짝 놀란 표정으로 그렇게 말했다.

"사건?"

그 말에 반응해서 미야가 고개를 들었다.

"유우 오빠, 안심해. 유우 오빠의 아이스크림을 먹은 범인은 우리가 찾아줄게. 좋아, 마히루, 아사카, 미소녀 탐정단 출동이다!"

"오~."

"오~."

2

"범행 현장은 이 거실. 피해자는 유우 오빠의 바닐라 아이스크림."

미야는 여러 각도에서 빈 용기를 관찰했다.

"미야, 돋보기 가져왔어."

"땡큐."

확대한다고 해도 뭔가가 바뀔 것 같진 않은데.

"우리가 밖에 있는 동안에 누군가가 먹었다는 거지."

아사카가 그렇게 말하면서 메모했다.

테이블 위에 있는 것은 아이스크림의 뚜껑과 빈 아이스크림 용기, 그리고 〈문 나이트 테라스〉의 로고가 들어간 가게 오리지널 스푼뿐.

"음~, 비열한 범행이야. 뚜껑 뒷면까지 깔끔하게 핥았어. 그래서 유우 오빠, 이럴 때는 다음으로 뭘 하면 돼?"

"그렇네, 흉기의 출처를 조사하거나, 아니 그 전에 알리바이를 조사해야겠지."

"알리바바?"

"아리바리?"

"알리바바를 조사하나요?"

"알리바이 조사야. 사건이 일어났을 때 어디서 무엇을 하고 있었는지를 조사하는 거야."

"흠~, 좋아, 그럼 우선은 유우 오빠."

"나도 하는 거야? 난 피해자인데…… 뭐 됐어. 그렇네, 오늘 너희랑 편의점에 아이스크림을 사러 간 게 11시쯤. 돌아온 게 11시 10분 전후 정도인가. 그때는 누구와도 만나지 않고 이 거실에 와서 냉동실에 아이스크림을 넣었어."

"그건 확실한가?"

"확실히 넣었어. 그리고 11시 반 정도에 미야의 집에 가서 너희랑 합류했어. 그 뒤부터는 쭉 너희랑 같이 있었어."

아사카가 내 증언을 필사적으로 받아적었다.

"그보다 말이야, 딱 보면 아저씨나 아줌마 중 한 명이잖아."

마히루가 말했다.

"좋아, 그럼 그 두 사람의 알리바바 조사도 하자."

우리는 아래층에 있는 가게로 향했다.

"아, 아아아아아아아이스크림 같은 건 몰라. 네 아빠가 먹은 거 아냐?"

어머니는 부자연스럽게 그렇게 말하고 팔꿈치를 잡고 비스듬히 위를 쳐다봤다.

"호오~, 그럼 아줌마, 당신은 오늘 11시 10분경부터 지금까지 무엇을 하고 있었나요?"

미야가 돋보기를 마이크 대신 들이댔다.

"그러니까, 가게 일을 하고 있었어."

"2층에는 안 올라갔어?"

마히루가 진지한 얼굴로 물었다.

"으음~ 분명 11시 반쯤에는 15분 정도 쉬러 갔지."

"참고로"라고 말하며 아사카가 스푼을 보여줬다.

"이건 범행에 쓰인 흉기인데, 이걸 본 적은?"

"우리 가게의 스푼이네."

"왜 그걸 알고 있지! 마침내 허점을 드러냈구나."

미야가 외쳤다.

"아니 그건 거기에 있는 물건인걸."

어머니는 부엌의 선반을 가리켰다.

"식기류는 전부 거기에 보관돼있을 거야."

"흠흠. 그럼 정리하면, 아줌마는 11시 반부터 15분 동안 2층에 있었다, 이렇게 알고 있으면 돼?"

미야의 물음에 어머니는 응 하고 고개를 끄덕였다.

*

"그래, 아저씨는 12시쯤에 2층에 휴식하러 갔지만 가게가 바빠져서 5분쯤 지나서 휴식을 끝내고 돌아왔어."

이번에는 테라스석에서 아버지에 대한 사정 청취가 시작됐다.

"일단 5분이면 아이스크림을 먹기에는 충분하네."

마히루가 말하자 아사카는 손을 머리에 댔다.

"하지만 급하게 먹으면 머리가 띵~ 하고 아파지는데?"

"그 뒤는?"이라며 미야가 재촉했다.

"일단락된 게 1시 넘어서였고, 테라스에서 커피라도 마시고 쉬자고 생각해서 밖으로 나왔더니 모두 돌아왔었지."

"그렇군."

"너희들, 이럴 때는 다른 사람의 알리바이의 진위도 확인해야 해."

"?"

"?"

"?"

"아빠한테도 엄마의 행동에 대해 물어서 거짓이 없는지를 조사하는 거야."

"그렇구나."

건방진 꼬맹이들은 아사카의 메모를 다시 보고 아버지에게 확인했다.

"그렇네, 확실히 사야카는 11시 반쯤에 2층에 올라갔고, 내려온 건 15분 정도 지난 뒤였어."

그 후, 어머니에게도 아버지의 행동에 대한 진위 여부를 확인했다.

"응 응, 아빠는 12시쯤에 2층에 휴식하러 갔지만, 금방 손님이 가득 차서 내가 계단 아래에서 '여보~'라고 외쳐서 다시 불러냈어."

서로의 증언에 거짓이 없다는 게 판명됐다.

"음~, 잘 모르겠네."

"누가 거짓말을 하고 있을까."

"밖에서 벽을 타고 올라가서 베란다로 가면 2층에 들어갈 수 있지 않아?"

"과연."

마히루와 아사카가 가게의 카운터석에서 주스를 마시면서 추리하고 있었다.

"아니지, 베란다는 문을 잠가뒀으니까 밖에서는 못 들어가."

이 무슨 파격적인 추리인가.

"야 야, 너희들, 진지하게 생각해줘야 한다?"

미야는 의자에 앉지 않고 어슬렁어슬렁 가게 안을 걸어 다니면서 한 손에 든 숟가락을 물끄러미 바라보고 있었다.

"음— 그러니까, 그래서— 두 사람은——"

시각은 슬슬 오후 2시를 지나려 하고 있었다.

"하아, 꼬맹이 탐정단도 해결하지 못하는 건가."

내가 그렇게 말한 순간이었다.

미야는 걸음을 멈추고 우리를 돌아봤다.

"알았다!"

미야의 표정에 만족스러운 빛이 비쳤다.

해냈다는 얼굴이다.

"그런가, 그런 거였나."

일동의 시선이 미야에게 쏠렸다.

"미야, 알아냈어?"

"누, 누구야? 미야."

"훗훗훗, 자네들, 진정하게."

그리고 미야는 스푼으로 어느 인물을 가리켰다.

"범인은 너다!"

[미야가 보낸 도전장]

에~, 에헴. 이런이런 여러분.

이걸로 사건 해결을 위한 단서는 전부 모였는데, 설마 아직 범인을 모르는 사람은 없겠지?

그야 초등학교 1학년인 내가 알아냈는걸. 어른이라면 당연히 알겠지~. 이야~ 설마 그 녀석이 범인이었을 줄이야.

어? 힌트가 필요해?

어른인데?

하아, 어쩔 수 없구만.

음~, 힌트는…… 그러니까, 그래 그래.

스푼이야.

그럼 열심히 해봐~.

3

"범인은 너다!"

난 자신에게 향한 스푼을 바라봤다. 전등의 빛을 반사해서 탁하게 빛나고 있었다.

분위기가 얼어붙었다.

"나, 나라고?"

"유우 오빠가, 범인?"

마히루가 믿기지 않는 것을 보듯 표정을 굳혔다.

"미야, 유우 오빠가 범인일 리가 없어."

아사카가 말했다.

"아니, 난 이제 모든 걸 훤히 알고 있어. 단념하는 게 좋을 거다, 진범 녀석."

"왜, 왜 나야? 증거 있냐, 증거."

미야는 우쭐거리며 자랑스럽게 가슴을 펴더니 손에 든 스푼을 휘둘렀다.

"증거는 이거야. 이 스푼이야말로 모든 수수께끼를 푸는 힌트야."

"미야, 무슨 말이야?"

"마히루, 유우 오빠가 산 아이스크림은 뭐였지?"

"그러니까, 바닐라맛 컵 아이스크림."

"그걸 먹기 위해 필요한 것은?"

"스푼, 이지?"

"그래, 즉, 그런 것이지."

"무슨 뜻이야?"

"무슨 뜻이야?"

마히루와 아사카가 신기하다는 듯이 미야가 든 스푼을 바라봤다.

"잘 들어. 범인은 아이스크림을 먹기 위해 가게의 스푼을 썼어. 편의점 직원이 스푼을 넣는 걸 잊어버렸으니까. 아이스크림은 있지만 스푼은 없지. 그래서 가게의 스푼을 썼다. 여기까지는 알겠어?"

"응."

"응."

"하지만 그렇게 되면 범인은 2층에 갔다가 아이스크림을 발견하고 스푼이 없다는 것을 알아차린 후에 1층 부엌에 스푼을 가지러 간 게 되잖아?"

"그게 뭐가 이상해?"

마히루가 고개를 갸웃했다.

"엄청 이상해. 만약에 아저씨랑 아줌마 중 한 명이 휴식 시간에 아이스크림을 발견하고, 거기에 스푼이 없다는 걸 알게 됐다면 1층 부엌까지 스푼을 가지러 와야만 하잖아? 하지만 **두 사람은 2층에 한 번씩밖에 올라가지 않았다고 서로 인정**했어."

아버지와 어머니가 2층에 한 번밖에 올라가지 않았다는 사실은 방금 전의 알리바이 조사에서 판명된 사실이다.

"그러고 보니…… 그렇네."

"휴식하러 갈 때 처음부터 스푼을 가져간 거 아냐?"

아사카가 그렇게 말하자 미야는 쯧쯧쯧 소리를 내며 스푼을 흔들며,

"그것도 이상해. 왜냐하면 유우 오빠는 집에 돌아왔을 때 **누구와도 만나지 않았다고 말했으니까,** 아저씨랑 아줌마는 유우 오빠가 아이스크림을 샀다는 사실도 스푼을 받지 못했다는 사실도 **모르잖아?**"

이것도 내 증언으로 알아낸 사실이다.

"그렇다면……."

아사카가 무서운 것을 보듯이 내 쪽을 돌아봤다.

"범인은 스푼이 없다는 것을 처음부터 알고 있었으니까 가게의 스푼을 2층에 가져갔어. 하지만 아저씨와 아줌마는 그걸 모르겠지. 아이스크림이 있다는 걸 모르는데 스푼만 가져가는 건 이상하잖아. 범인은 2층에 아이스크림이 있다는 걸 알고 있던데다가 스푼이 없다는 사실도 알고 있던 사람. 즉, 너다, 유우오빠!"

"큭."

난 그 자리에 털썩 주저앉았다.

"어, 어째서 유우 오빠가 이런 짓을……."

"……크림을."

"크림?"

"아이스크림을, 혼자 먹고 싶었어. 너희한테 한 입 주는 게 아까워져서, 혼자 전부 먹고 싶었어…… 미야네 집에 가기 전에 혼자서 단숨에 먹었어."

"슬픈 사건이었군요."

미야는 빙글 돌아보며 카운터에 앉았다.

"에헴. 이로써 사건은 해결됐군요."

"제엔장."

"자세한 이야기는 서에서 듣도록 하지."

"자, 일어나세요."

난 마히루와 아사카에게 양손을 잡아끌려 가게 바깥으로 끌려갔다.

"제, 젠자아아아아아앙."

이렇게 사건은 막을 내렸고, 난 건방진 꼬맹이들에게 아이스크림을 하나씩 더 사주게 되었다.

✳

이거 참, 즉석에서 생각한 것 치고는 꽤나 좋은 추리게임이 되었다. 그대로 그 녀석들이 마음대로 하게 뒀다가 사건을 찾는다고 거리로 나가면 무슨 짓을 할지 알 수 없으니 말이다.

편의점에서 집으로 돌아올 때까지 전체 흐름을 생각하고 아버지와 아머니에게도 협력을 구해서 가공의 알리바이를 만들고 연기를 부탁했다.

사건을 찾는다는 구실로 그 녀석들을 거리로 꾀어내 시간을 때우고, 가공의 알리바이가 완성되는 1시가 지난 무렵에 집으로 돌아와 사건이 발각된다는 계획이다.

아이스크림을 한 번에 먹어서 머리가 아파졌다고.

아버지도 어머니도 2층에는 한 번밖에 올라가지 않았다는 사실과 2층에 스푼이 없다는 점이 이 추리게임의 특징적인 논리다.

아버지와 어머니가 가게의 스푼을 써서 먹기 위해서는 2층에서 1층으로 내려와 부엌에서 스푼을 조달해야만 한다. 하지만 2층에 한 번밖에 올라가지 않았다는 증언과 모순된다.

사소한 부분에 결점이 있지만 아이가 머리를 쥐어짜기에는 충분한 난이도 아닐까.

좋은 두뇌 운동이 됐을 것이다.

이렇게 사건을 자기들의 손으로 해결하게 해주면 저 녀석들도 만족하겠지.

그건 그렇고 미야가 혼자서 스푼 논리를 알아차리고 자력으로 정답에 다다를 줄은 몰랐다.

몇 가지 힌트도 준비해뒀는데 쓸모없게 돼버렸다. 어머니의 서투른 연기에 마음이 조마조마했지만.

"유우 오빠, 빨리 가자."

"알았어."

건방진 꼬맹이 탐정단의 손에 이끌려 난 편의점으로 향했다.

이 일이 계기가 되어 저 녀석들이 추리소설에 관심을 가져주면 좋겠는데, 쓸데없는 기대겠지. 결국 건방진 꼬맹이들의 관심은 이미 다른 곳에 가 있으니까.

"있잖아, 트레저 헌터라고 알아?"

"미야, 그건 보물찾기 하는 사람을 말하는 거야?"

"맞아 맞아, 어제 텔레비전에서 봤어."

"보물지도 나오는 거지? 나도 봤어."

앞을 달리는 세 명은 천진난만한 웃는 얼굴을 보여줬다.

1

경사면 바깥쪽으로 뻗은 전망 테라스.

"······더워."

강한 햇볕이 피부를 태웠다. 배후에 있는 산에서 내려오는 바람에 머리칼이 휘날렸다. 앞을 보면 커다란 후지산과 그 기슭에서 번영하는 우리 마을을 한눈에 볼 수 있다.

난 테라스 끝에 서서 난간에 몸을 맡겼다.

후지산은 좋아한다.

저 웅대한 영봉은 어릴 적에 보던 것과 전혀 다르지 않으니까. 여기서 내려다보는 마을도 마찬가지다. 멀리서 바라보면 그 변화는 미세해서 눈에는 들어오지 않는다. 하지만, 실제로 거리에 나서보면 싫어도 눈에 띈다. 이번 귀성에서 또 몇 가지 거리의 변화를 찾아버렸다.

어릴 때의 거리와 현재의 거리의 변화는 그대로 내 마음을 마모시킨다. 변하기 전의 장소는 두 번 다시 찾아갈 수 없다. 나날이 변해가는 일상을 보고 싶지 않아서 시즈오카를 떠나 카나가와의 학교를 선택했다.

하지만 그건 아무런 해결도 되지 않았다.

그저 문제를 미뤘을 뿐이지, 귀성할 때마다 변해버린 이 마을을 보게 되니까.

지금까지는 추억의 풍경이 이지러져 가는 것을 슬퍼하기만 했고 아무런 해결책도 없었지만 이제는 다르다. 이지러진 곳을 채워주는 사람이 있다.

내 마음이 조금씩 부서져 너덜너덜해져도, 구멍이 뻥 뚫려도, 유우 오빠가 그 부분을 채워준다.

솔직히 추억을 잃는 것, 그리고 추억이 더럽혀지는 것에 대한 공포는 전혀 변하지 않았다. 하지만 유우 오빠와 함께라면 추억과 마주 볼 수 있을지도 모른다.

그리고…… 아직은 무리지만 언젠가 분명 추억을 뛰어넘어서 갈 수 있다는 느낌이 든다.

아래쪽에서 엔진 소리가 들려왔다.

"아……."

시선을 돌리니, 하얀 차가 언덕을 올라오는 게 보였다.

"후후."

난 종종걸음으로 현관으로 향했다.

*

인터폰을 울리기 전에 문이 열리고 아사카가 맞이해줬다.

"안녕하세요, 유우 오빠."

"안녕, 아사카."

아사카는 연한 하늘색 원피스를 입고 있었다. 가슴이 크게 트여있어 하얗고 깊은 골이 엿보였다.

"읏……."

내가 눈을 피하자 아사카는 보여주듯이 몸을 앞으로 숙였다.

"왜 그러세요?"

"아, 아니, 아무것도 아니야."

오늘은 아사카에게 초대를 받아 오랜만에——10년 만에——겐도지가를 방문했다. 10년 전에는 고생해서 올라온 언덕도 차를 타면 순식간이다. 미야와 마히루도 불렀다고 하는데, 공교롭게도 둘은 오전 중에 볼일이 있다고 해서 오후부터 놀러 온다고 한다.

"덥네요, 들어오세요."

햇볕과 더위로부터 도망치듯이 허둥지둥 안으로 들어갔다. 아사카에게 손을 잡아끌려 그녀의 방으로 향했다.

"적당히 앉으세요. 바로 차가운 음료를 준비할게요. 뭐 마시고 싶으세요?"

"그럼, 보리차를 마실까."

"네, 바로 가져올게요."

아사카가 나간 뒤, 난 방을 둘러보고 한숨을 쉬었다.

"……진짜냐."

한 발 들어서자마자 이 방의 **이상함**을 깨달았다.

킹사이즈 침대에 거대한 텔레비전, 커튼의 색과 가구 배치까지 마치 시간이 멈춘 것처럼 이 방은 **10년 전 그대로**였던 것이다.

난 10년 전에 자주 앉았던 테이블 자리에 앉았다.

과거로 타임슬립한 듯한 기분이다.

저 문에서 7살의 아사카와 미야, 마히루가 튀어나와도 이상하지 않을 것 같은 감각에 지배당했다. 자주 저 침대 위에서 뛰면서 놀았었지. 하나요시 씨와 만난 건 프로레슬링 놀이를 하던 때였나.

태풍이 불던 밤에는 아사카와 졸릴 때까지 저 텔레비전으로 게임을 하고 같은 침대에서 잤다. 자주 저 침대에서 낮잠을 자는 꼬맹이들을 지켜봤었지.

추억이 담긴 방은 당시의 모습이 남아있는 수준을 넘어 아예 당시 그대로의 모습으로 날 맞이해줬다.

그리우면서도 두려웠다.

아사카에게는 이 방이야말로 최후의 보루일 것이다.

변해가는 세상 속에서 유일하게 변화를 거부할 수 있는 장소.

아사카만이 자유롭게 할 수 있는 장소.

이윽고 문이 열렸다. 거기서 나타난 것은 당연하게도 어린 아사카가 아니라 성장한 아사카였다.

"오래 기다리셨습니다."

"고마워."

테이블 위에 두 명분의 컵이 놓였다. 아사카가 옆에 앉아 달라붙었다.

"기뻐요."

"뭐가?"

"이 방에 다시 유우 오빠가 오다니."

"호들갑이네."

보리차로 목을 축였다.

"……그러고 보니 말이야, 나 별장에 옷 두고 왔었지?"

"옷?"

"이거, 빌렸던 거야."

난 종이봉투에 든 옷을 아사카에게 건넸다.

"이걸 입은 채로 집에 가버려서, 원래 입고 갔던 옷이 별장에 남아있을 건데."

"……글쎄요?"

아사카는 이상하다는 듯이 고개를 갸웃했다.

"어? 없었어?"

"글쎄요, 못 알아챘어요."

"그, 그래. 아, 괜찮아. 싼 옷이니까."

"다음에 찾아볼게요."

"그래, 부탁할게…… 어라?"

무심히 다시 방을 둘러봤는데 침대 옆의 선반에서 시선이 멈췄다. 그 시절 그대로인줄 알았는데, 저 한구석만 미묘하게 변화가 있었다.

그도 그렇게──.

"아사카, 액자는?"

저곳에는 내가 아사카의 생일에 선물한 액자가 장식되어 있었을 것이다. 나와 미야와 마히루와 아사카 넷이서 찍은 사진을 넣은 액자가.

"아, 그거 말인가요."

아사카는 훌쩍 일어나 문 옆에 있던 여행 가방을 끌고 왔다.

"다 같이 찍은 소중한 사진이라서 기숙사에도 들고 가서 방에 장식해요. 평소에는 안 들고 오지만, 이번에는 귀성에 맞춰서 들고 왔어요."

아사카는 여행 가방 안에서 액자를 꺼냈다.

"오오, 그립네."

하트와 별 등의 장식이 붙은 목제 액자. 그리고 사진 속의 건방진 꼬맹이들. 미야도 마히루도 아사카도 다들 환하게 웃고 있다. 뒤에 선 나도 앞머리가 덥수룩해서 풋풋하다.

그 시절의 떠들썩함이 되살아나는 것 같아서 눈시울이 뜨거워졌다.

"유우 오빠, 실은 한 가지 부탁이 있어요."

"응, 뭐야?"

"저랑 사진을 찍어줬으면 좋겠어요."

"사진? 괜찮은데, 왜 또."

아사카는 눈을 내리떴다.

"한번 일단락을 짓고 싶어요."

그리고 액자에서 네 명의 사진을 뽑았다.

"야 야, 왜 그래?"

"여기에 새 사진을 넣고 싶어요. 과거를 소중히 되돌아봐도 과거로 돌아갈 수 있는 건 아니에요. 머리로는 알고 있어도 이렇게 눈에 들어오면 의식해버리니까······."

그래서 새로운 사진으로 교체해서 물리적으로 과거로부터 눈을 돌리려는 건가. 그렇군, 아사카 나름대로 절충해서 추억과 마주하려는 것 같은데……

"겨우 유우 오빠가 도쿄에서 돌아와 줬는데, 언제까지고 손이 닿지 않는 추억에 매달리고 있으면——."

"아사카, 그럼 더 좋은 방법이 있어."

"에? 유우 오빠, 어디 가요?"

"괜찮아 괜찮아."

나와 아사카는 시빅을 몰고 이OO으로 향했다. 1층의 잡화점에서 찾으려던 것을 찾았다.

"음~, 이거 괜찮지 않아?"

난 액자를 들었다. 심플한 디자인에 유리로 만들어졌고, 그 방의 분위기를 해치지 않는다.

"액자, 인가요?"

"새로 찍는 사진은 여기에 넣자."

"……하지만."

"추억은 덮어쓰지 말고 옆으로 나열해서 장식해두자고."

"……!"

"전부 다 아사카의 소중한 추억이고, 그 추억이 쌓여서 지금의 아사카가 있는 거야. 언젠가 다시 추억을 되돌아볼 때, 거리를 두면 분명 보는 게 무서워질 거야."

"그건, 분명 그렇겠네요."

"앞으로 아사카가 추억과 마주할 때 만약 괴로워진다면 나한테 말해. 언제나 아사카 편이니까."

"⋯⋯유우 오빠."

아사카는 내 팔에 자기 팔을 감았다. 말캉하고 부드러운 것을 위팔에 밀어붙여서 주위 사람이 우리 쪽으로 시선을 줬다.

"야, 야, 사람들 앞에서 들러붙지 마."

"에헤헤."

액자를 사고 미야와 마히루의 집에 들러 데리러 갔다.

"마히루, 피곤한 얼굴이야."

"연습은 오전에만 있었지만, 아무튼 더워서 말이지~."

"진짜야~. 유우 오빠, 냉방 최대로 해줘."

미야가 나른한 목소리를 냈다.

"그렇지, 얘들아, 오늘은 사진을 찍을 거야."

"사진? 왜 새삼스럽게."

미야가 의아하다는 듯이 말했다.

"모처럼 오랜만에 넷이서 지내는 여름이야. 기념으로 찍어둘까 싶어서."

"이미 액자까지 사뒀어."

조수석에 있는 아사카가 아까 산 것을 보여줬다.

"준비 빠르네!"라고 말하는 마히루.

우리는 겐도지가에 도착하자마자 전망 테라스로 나왔다.

이 테라스에 서는 것도 오랜만이네.

쨍쨍 빛나는 태양, 주위의 숲에서 들려오는 매미 소리, 웅장한 후지산에 미니어처가 된 거리. 여기서 보는 경치도 그때의 여름과 똑같다.

가사 도우미에게 부탁해서 사진을 찍었다. 분명 이시카와 씨라고 했던가. 이 사람과 만나는 것도 오랜만이다.

테라스 안쪽에 넷이 모였다.

"네, 그럼 여러분 웃어주세요."

찰칵, 하고 셔터 소리가 울렸다.

2

"덥네."

차에서 내리자마자 맹렬한 햇볕이 덤벼들었다. 땅에 달라붙은 그림자는 진했고, 길 위에는 아지랑이가 일렁였다. 오늘은 특히 더워서 기온은 30도를 족히 넘었다.

주차장은 거의 만차 상태다. 운이 좋았다. 몇 분만 더 늦었으면 조금 떨어져 있는 제2주차장에서 걸을 뻔했다.

펜스 너머로 들려오는 즐거운 듯한 목소리에 물이 튀는 소리가 섞였다. 바람을 타고 오는 염소의 향이 내 마음을 자극했다.

오늘 우리가 놀러 온 곳은 그리운 시민 수영장이다. 옆 동네에 있는 대형 워터 파크와의 손님 쟁탈전은 올해도 극도로 치열하겠지만, 이 동네에 사는 주민으로서 역시 이 수영장을 응원하고 싶다.

"유우 오빠, 빨리빨리."

미야가 손짓했다. 마히루도 아사카도 이미 인도까지 가 있었다. 매표소는 이미 장사진을 이루고 있었기에 맨 뒷줄에 섰다.

"뭔가 옛날 생각이 나네. 아사카, 튜브는 챙겼어? 난 이제 튜브 안 불어줄 거다."

"후후, 이제 수영할 수 있어요. 저는."

아사카는 그렇게 말하고 미야를 살짝 봤다.

"나도 수영할 수 있다고. 10미터는 확실하게."

"미야…… 그건 그냥 떠내려가는 거 아냐?"

"시, 시끄러."

"그건 그렇고 덥네."

마히루가 티셔츠의 옷깃을 펄럭여 바람을 부쳤다. 확실히 오늘의 태양은 특히 기운찼다. 그늘에 있는데도 땀이 멈추질 않는다.

몇 분 뒤, 우리 차례가 돌아왔다.

"회수권으로 사요, 오늘 한 번만 오는 걸로는 부족하니까요."

"그렇네, 유우 오빠, 그렇게 하자. 여름은 한참 남았으니까."

아사카와 마히루의 제안으로 회수권을 인원수대로 사고 입장했다. 염소 냄새가 강해졌다. 코를 쏘지만 불쾌하지 않은 그리운 냄새다.

오른편에 탈의실이 있었고 남녀별로 나누어져 있었다. 정면으로 쭉 가면 소독조와 샤워실 구역이고 그 앞이 수영장이다.

"그럼 이따 봐."

마히루가 손을 흔들었고, 셋은 여자 탈의실로 들어갔다.

"으……."

옷을 다 갈아입고 탈의실에서 나오니, 마침 셋도 나온 참이었다. 젠장, 하나같이 다 크게 자라고 말이야.

미야는 하늘색 꽃무늬 비키니에 하얀 시스루 파레오를 두르고 있었다.

마히루의 커다란 그것을 받치고 있는 것은 검은 하이넥 비키니였고 당장이라도 터질 것만 같았다.

아사카는 하얀 하이넥 비키니를 입고 있었고 가슴골 부분에 세로 슬릿이 들어가 있었다.

"늦어, 유우 오빠."

미야가 이쪽으로 한 발 다가왔다.

"아, 어어, 미안."

언젠가 몸매 좋은 여자애랑 수영장에 가고 싶다는 소망을 품었는데, 설마 이 녀석들이 이렇게 클 줄이야. 그 시절에는 평평한 꼬맹이였는데 여자의 성장은 이렇게나 무서운 것인가.

지나가는 남자들의 시선은 세 명에게 집중되었다. 노골적으로 뚫어져라 쳐다보는데. 비난받는 것을 전혀 두려워하지 않는 걸까, 아니면 그런 걸 신경 쓸 여유가 없는 걸까.

노골적으로 셋을 응시하는 남자들 중에는 여자와 함께 온 사람도 있었고——아마 커플——, 남자 친구의 그런 행동에 기분이 상한 여자는 남자의 귀를 세게 잡아끌고 안쪽으로 사라졌다.

확실히 일행인 내가 봐도 이 녀석들의 수영복 차림은 최고라할 수밖에 없었다. 만약 내가 다른 남자라면 똑같이 했을 것이다. 하지만 난 단순한 보호자, 그런 눈으로 볼 수는 없다.

"어때요? 그저께 다 같이 수영복을 사러 갔어요."

아사카가 팔짱을 꼈다. 위팔에 전해지는 악마적인 압력. 그리고 슬릿으로는 가슴골이 엿보였다.

"야, 야."

그리고 정면으로 시선을 돌리면 마히루의 압도적인 흉부병기가 시야를 메운다.

안 된다.

오빠 같은 사람인 내가 옛날부터 돌봐준 꼬맹이들에게 욕정하다니, 윤리적으로 있어서는 안 되는 일이고, 이 녀석들의 신뢰를 배신하는 짓이다. 난 아버지와 탓짱과 하나요시 씨가 온천에 들어가 있는 광경을 상상해서 흥분을 억눌렀다.

"잠깐 아사카, 또 사람들 앞에서 애처럼 찰싹 달라붙네!"

미야가 주의했지만 아사카는 들으려 하지 않았다.

"모처럼 수영장에 왔으니까 괜찮잖아. 그리고 유우 오빠 왼팔은 비어있다구."

미야와 마히루가 잠깐 서로를 마주 봤다.

"얘들아, 됐으니까 빨리 가자."

아까부터 주위 남자들에게서 살의에 찬 시선이 계속 쏟아지고 있다.

소독조에 허리까지 몸을 담그고, 드디어 수영장으로.

어디든 사람들로 북적였고 여름의 활기가 피부로 느껴졌다. 온몸으로 햇볕을 받는 게 기분 좋았다. 이렇게 여름에 수영장에 오는 것도 정말 고등학생 때 이후로 처음이다. 아니, 아예 수영하는 것 자체가 10년 만일지도 모른다.

"유우 오빠, 여전히 새하얗네."

마히루가 뒤에서 내 어깨에 손을 올렸다.

"오늘은 잘 태우고 오라고."

"마히루도 새하얗잖아."

"난 실내 구기 종목이니까. 그리고 선크림은 빈틈없이 바르고 있고."

기억 속의 마히루는 초가을까지 피부가 까맣게 타 있었지만 지금은 역시 아름다운 꽃도 무색해지는 여고생, 그런 점은 신경 쓰고 있는 모양이다.

"있잖아, 빨리 저거 타자."

미야가 앞장섰다.

"저거?"

"저거예요."

아사카가 가리킨 곳에 있는 것은 이 수영장 최대의 어트랙션, 워터슬라이드였다. 큰 파이프형 미끄럼틀이 구불거리면서 아래에 있는 수영장까지 뻗어있었다.

"10년 전에는 못 탔으니까"라고 말하는 마히루.

그 말을 듣고 꼬맹이들이 워터슬라이드를 타고 싶어 했던 것을 기억해냈다. 세 사람은 키를 재는 보드 앞에 나란히 섰다. 125센티 이상이 아니면 탈 수 없다. ──하지만,

"전원 클리어야."

미야가 웃으면서 말했다.

그래그래, 옛날에는 여기서 퇴짜를 맞아서 미끄럼틀이라면 탈 수 있다고 해서……

건방진 꼬맹이들과 이 수영장에서 놀았던 추억이 되살아났다.

"우으."

"왜 우는 거야."

"그치만, 너희들, 그때는 그렇게 작았는데……."

"새삼스럽네, 그거."

마히루가 내 머리를 쓰다듬었다.

"바보야, 애 취급 하지 마."

"자, 가요, 유우 오빠."

"기다려, 너희들."

"왜?"

"뭔데?"

"왜 그러세요?"

"준비 운동 하고 가야지."

＊

"꽤, 꽤 높네."

가장 높은 곳에서 수영장 전체를 내려다봤다.

사람의 밀도가 높아 수영장 가장자리까지 사람이 밀집되어 있었다. 유수풀은 이미 흐르는 인파로 변한 상태. 만약 이 높이에서 떨어지면 어떻게 될까 생각하니 등골이 오싹해졌다.

"유우 오빠, 우리 차례야."

"그래."

"그래서 처음엔 누구랑 탈 거야?"

"누구랑?"

어째 대형 튜브를 빌리면 2인 1조로 탈 수 있는 모양이다.

"처음엔 누구랑 탈 거냐니, 너네 전원이랑 타는 거야?"

"그야 옛날에는 같이 탔잖아."

옛날―― 이 녀석들이 어릴 적엔 한 사람씩 짝을 지어 미끄럼틀을 탔지만, 그건 아이는 보호자와 함께 타지 않으면 위험하다는 안전성 문제가 있어서 그런 거지…….

"유우 오빠랑 같이 타고 싶어요."

아사카가 그렇게 말하자 미야도 마히루도 고개를 끄덕였다.

"아아 진짜, 알았어."

하지만 눈앞에 서 있는 것은 세 명의 수영복 차림의 미소녀 여고생. 대형이라 해도 어른끼리 타면 밀착해야만 탈 수 있는 사이즈다.

"그래서, 먼저 누구랑 탈래?"

"으…….."

뭐, 뭘 의식하는 거냐 나는. 이 녀석들이랑 같이 타는 건 딱히 이상한 일이 아니잖아.

"가, 가위바위보로 정하면 되잖아."

그렇게 첫 조합은 나와 마히루, 미야와 아사카가 됐다.

"유우 오빠, 앞에 타."

"그래."

"유우 오빠, 아까 아래 보고 겁먹었죠?"

"뭐, 뭐어?! 겁 안 먹었거든."

"내가 있으니까 괜찮아."

뒤에 앉은 마히루가 내 허리에 팔을 둘렀다.

"좀 더 기대도 돼."

"어, 어어."

몸을 뒤로 넘기니 어깨 부근에 부드러운 게 느껴졌다. 마히루는 나보다 키가 크다. 마치 온몸이 마히루에게 감싸인 듯한 안심감이 느껴졌다.

"그럼 갑니다~."

담당자가 튜브를 밀어 우리는 파이프 속으로 돌입했다.

"우오오오오."

"꺄아아아아아."

생각했던 것보다 더 속도가 빨랐다. 오른쪽으로 왼쪽으로 파이프 속을 바쁘게 미끄러지는 우리. 마히루 녀석, 괜찮다고 말한 주제에 나보다 더 소리치고 있잖아.

이윽고 시야가 트이고 수영장에 입수했다.

"이야아, 처음 탔는데 재밌네 이거."

"처음? 마히루는 워터슬라이드 처음 타는 거야?"

"나만 그렇다기보다는——"

이윽고 미야와 아사카를 태운 튜브가 파이프 안에서 튀어나왔다.

"꺄아아아아아."

"꽤 빠르네요."

미야는 눈물을 글썽이고 있었고, 아사카도 호흡이 흐트러져 있었다.

"우리, 유우 오빠랑 다시 왔을 때 타자고 약속했으니까."

※

다음은 미야와 타게 되었다.

"유우 오빠, 아, 앞에 타도 돼."

기분 탓인지 미야의 다리가 떨리고 있는 것 같았다.

"혹시 앞이 무서워?"

"그그그그, 그럴 리가 없잖아."

강제로 앞에 앉혀졌다. 뭐, 딱히 상관없지만. 미야는 내 등에 매달렸다.

"……그럼 갑니다~."

담당자에게 밀려서 두 번째 돌입.

"으갸아아아아아."

미야가 귓가에서 외쳤다.

"시, 시끄럽다고, 너."

"꺄아아아아아아."

확실히 무섭긴 하지만, 두 번 타면 질주감과 스릴을 즐길 여유가 생길…… 생겼겠지? 결국 미야는 마지막까지 절규했다.

"갸아아아아아아."

"야, 괜찮아?"

"······재밌었어."

뭐, 즐기는 방법은 사람마다 다르다.

세 번째는 아사카와 같이 탔다.

"유우 오빠, 뒤에서 안아주세요."

"자, 이렇게?"

아사카의 날씬한 몸을 받쳤다. 날씬한 주제에 나올 곳은 똑바로 나온 게 눈에 해로웠다.

"······칫, 그럼 갑니다~."

기분 탓인지 세게 밀고 혀까지 찬 것 같지만, 기분 탓일 것이다.

"꺄아."

첫 번째 코너에서 자세가 무너졌다.

"아, 야, 야, 아사카."

방금 생긴 충격으로 팔의 위치가 어긋나 내 오른쪽 손바닥 안에 부드럽게 부푼 것이 날아들었다.

"아사카, 아사카."

"꺄아아아아."

아사카는 알아차리지 못했는지 두 번째 코너 앞에서 내 팔을 안았다. 그렇게 내 오른손은 거대한 산에 더 깊이 파묻혔다.

더는 워터슬라이드를 즐길 여유 따위는 전혀 없었다. 수영장에 뛰어들 무렵, 내 모든 감각은 오른손에 빼앗겨 있었다.

"재밌었어요."

"그, 그렇네."

오른쪽 손바닥에 남은 폭신하고 부드러운 여운. 아사카의 얼굴을 똑바로 볼 수가 없다.

"유우 오빠, 자, 올라가요."

아사카는 알아차리지 못했는지 평소와 변함없는 모습이었다.

"그래."

풀 사이드에 올라와 미야와 마히루를 기다렸다. 수십 초 뒤, 미야와 마히루 페어가 파이프에서 나왔다. 그때였다.

"어라? 하루야마잖아."

"류샤쿠도 있어."

반대쪽 풀 사이드에 있던 남녀 집단에서 목소리가 들렸다.

"이런 곳에서 만나다니 우연이네."

"야~, 얘들아, 철벽성녀 두 명이 있어."

그렇게 그 그룹은 미야 일행에게 말을 걸기 시작했다. 보아하니 학생인 듯했고, 아마 미야와 마히루의 동급생일 것이다.

이런 곳에서 친구와 맞닥뜨리다니, 운이 좋은 건지 나쁜 건지.

"유우 오빠."

아사카가 얼굴을 가까이 댔다.

"미야랑 마히루, 학교 친구와 우연히 만난 것 같네요."

"그런 것 같네."

"아, 그렇지."

"뭐야?"

"**배려해주죠**. 모처럼 친구랑 만났잖아요. 방해되지 않도록 우리는 잠깐 다른 곳에 가줄까요."

"음~, 그것도 그런가."

모처럼 친구와 만났는데 우리도 같이 있으면 어색할 것이다. 나도 자주 그런 경험을 했으니 잘 안다. 부모님과 같이 있는데 우연히 학교 친구와 마주쳤을 때의 절묘한 멋쩍음과 어색함을.

조금 있다가 데리러 가면 될 것이다.

"후후, 그럼 가요."

아사카에게 손을 이끌려 우리는 인파에 섞여들었다.

3

"어, 엄청나네, 그 하루야마가 비키니를 입고 있어."

"두 철벽성녀와 이런 곳에서 만나다니 엄청난 우연이네."

"눈이 호강하는군."

"나 오늘 죽어도 좋아."

"마망."

이, 이런.

설마 이런 곳에서 같은 학교 녀석들과 만나다니. 게다가 수영장에서 만나다니 최악이다. 난 무의식중에 가슴을 양손으로 가리고 있었다. 가슴 전체가 가려지는 하이넥 비키니라 다행이다.

"마, 마히루."

미야가 내 뒤에 숨었다. 동급생이 사적으로 비키니를 입은 모습을 보는 게 부끄러운 것 같다. 미야는 가슴골이 다 보여서 그런 걸까. 나도 싫지만 어쩔 수 없다. 방패가 되어줄까.

"둘이서 왔어?"

"아니, 친구······ 랑."

"흐음, 그럼 말이야, 모처럼 왔으니까 조금만 같이 놀자."

그렇게 말하는 남자의 시선은 내 눈이 아니라 가슴에 고정되어 있었다. 학교에서도 거의 엮인 적 없는 남자랑 같이 놀 이유는 없다. 적당히 일단락 짓고 유우 오빠와 아사카가 있는 곳으로 돌아가자.

"잠깐이라도 되니까."

"싫어······."

"어라, 마히~."

"아, 카오리."

떨어진 곳에 있던 남녀 그룹도 합류했다. 그중에는 부활동 친구── 야마미야 카오리의 모습이 있었다.

"어라, 미야잖아."

"세이나?!"

어째 미야도 그 그룹 속에서 아는 사람을 발견한 모양이다.

"너, 수영복이 꽤 자극적이네."

"너무 보지 마아."

이러면 이 집단을 아무렇게나 대할 수도 없겠네.

"이봐, 노나카, 어떻게든 하루야마를 불러줘. 사이좋잖아?"

"하아······ 미야, 조금만 어울려주지 않을래?"

"야마미야도, 부탁할게."

"어쩔 수 없네, 마히, 잠깐이면 되니까, 부탁할게!"

평소에 그다지 교류가 없는 사람이 대부분이니 '무리'라면서 딱 잘라 거절할 수도 있다. 하지만 그렇게 우리가 쌀쌀맞게 내치면 카오리랑 미야의 친구── 노나카 세이나가 난처해질지도 모른다.

나와 미야가 없어진 뒤에 저 둘이 거북해질 것이 상상이 됐다.

이런 때에는 카오리와 노나카의 체면을 세워줘서 10~20분 정도 어울려줄까. 유우 오빠와 아사카에게 잠깐 자리를 비운다고 전해야겠다.

"……어라?"

뒤돌아봤지만 유우 오빠와 아사카의 모습은 어디에도 없었다.

"마히루, 유우 오빠랑 아사카가 없어."

"……응, 없네."

실화냐.

*

"에헤헤, 기분 좋네요."

유수풀에서 하늘을 보는 자세로 흘러가는 아사카. 가슴이 수면에 둥둥 떠있는 모습이 눈에 영 위험했다.

워터슬라이드에서 내려다봤을 때보다 사람이 줄어서 여유 공간이 충분히 생겼다. 물론 흐르는 속도는 사람마다 다르니 부딪치지 않도록 주의해야 하지만.

튜브에 엉덩이를 맡기고 자유롭게 둥실둥실 흘러가는 사람. 작은 아이를 어깨에 태운 아버지로 보이는 사람. 그다지 나아가지도 않고 물가에서 꽁냥대는 커플.

흐름을 타고 엄청난 속도로 헤엄쳐 가는 사람도 있는가 하면 반대로 흐름을 거슬러 반대 방향으로 발버둥 치는 반역자도 있었다.

가지각색의 인파와 함께 우리도 흘러갔다.

"유우 오빠, 저거 해보고 싶어요."

아사카가 앞에 있는 젊은 커플을 보고 말했다. 보니까 남자가 여자를 업고 있는 게 아닌가.

"아니 아사카, 아무래도 저건 좀———."

"'하고 싶은 대로 해도 돼'라고 했잖아요. 언질은 이미 잡아뒀어요."

"윽······."

나 참, 이 어리광쟁이는.

"알았어."

말하자마자 아사카는 내 등에 뛰어들었다. 체중과 함께 부드러운 두 개의 압력이 내 등에 실렸다. 아사카의 허벅지를 손으로 받쳤다. 손가락이 잠길 정도로 부드러운 피부와 반발하는 근육의 탄력의 밸런스가 양립하고 있었다. 물속에 있어서 무게는 거의 느껴지지 않았다. 당연하다면 당연하지만.

아사카는 내 가슴 근육을 쓰다듬으면서 말했다.

"별장에서도 생각했는데, 유우 오빠 살 빠졌네요."

"음~, 10년 동안 5, 6킬로? 아니 좀 더 빠졌으려나."

"그렇게나······ 밥은 잘 챙겨 먹었어요?"

"아니. 집에서 밥 먹을 시간을 줄이면 그만큼 많이 잘 수 있으니까. 하하하."

"별로 안 웃겨요. 유우 오빠, 몸은 자본이에요."

"알고 있어."

"이제 홀몸이 아니니까요."

무슨 소리지?

"……근데 아사카, 젖꼭지 간지럽히는 건 그만해주지 않을래?"

"아핫."

*

일단 동급생 그룹과 수영장을 돌면서 우리는 유우 오빠와 아사카를 찾기로 했다. 아사카가 같이 있고, 잘 알고 있는 시민 수영장이니까 조만간 마주쳐서 합류할 수 있을 것이다.

하지만 아사카는 오랜만에 유우 오빠를 만났다는 기쁨에 제정신이 아닌데. 과도한 스킨십 때문에 유우 오빠가 엄한 생각을 하면 큰일이니 빨리 찾아야 한다.

"류샤쿠, 떨어지면 안 되니까 날 붙잡고 있어."

하마모토가 내민 손을 무시했다.

"아니, 애 아니거든."

우리는 유수풀에서 흘러가고 있었다. 사람이 제일 집중되는 곳은 이곳이니 떠다니면서 풀 사이드를 관찰하고 있으면 유우 오빠와 아사카를 찾을 수 있을지도 모른다.

"미야, 그렇게 안 매달려도 바닥에 발 닿잖아?"

"그, 그치만, 흐름이 꽤 빠르니까 물에 빠지면……."

"빠질 리가 없잖아, 그보다 힘든데."

미야는 노나카의 등에 매달려 있었다.

"하루야마, 괜찮으면 내가 업어줄까?"

"아니, 내가."

"그럼 내가."

"예예, 자, 미야 이리 와."

"마히루~."

미야를 업고 주위를 살폈다.

점심 전이라 사람이 늘어난 것 같네. 워터슬라이드는 차례를 기다리는 줄이 계단 아래까지 이어져 있었다. 먼저 타서 다행이다…… 가 아니다.

유우 오빠랑, 아사카.

유우 오빠는 몰라도 아사카는 아이돌급 미소녀이기에 감도는 분위기가 다르다. 인파 속에서도 금방 알아볼 수 있을 텐데…….

"없네."

"뭐가…… 우와."

누군가가 옆으로 헤엄쳐 지나가 그 충격으로 물보라가 크게 일었다. 그 물보라를 얼굴에 제대로 맞았는지 미야가 날뛰었다.

"야, 미야 어딜 만지는 거야…… 앙."

"숨이, 숨이."

"수, 수영복이 비뚤어지잖아."

*

"⋯⋯아! 유우 오빠, 슬슬 나갈까요."

"이제 됐어?"

"네, 잠깐 쉬지 않을래요?"

유수풀에서 올라와 식당으로 향했다.

"이제 곧 점심시간인데 식사는 마히루랑 미야가 오면 해요. 뭔가 가볍게라도⋯⋯."

따뜻한 간식과 아이스크림, 빙수 등 가볍게 먹을 수 있는 메뉴도 잘 갖춰져 있었다.

"그래. 오, 빙수는 어때?"

"좋네요."

"빙수 두 개──"

"아, 하나로 괜찮아요."

"어? 그래?"

"밥을 못 먹게 되면 곤란하니까요."

그렇게 블루 하와이 빙수를 손에 들고 테이블에 앉았다.

"으으, 머리가 띵해요."

아사카와 둘이서 하나의 빙수를 파먹었다.

하나의 음식을 둘이서 공유하니 꼭 커플 같다. 반 정도 먹자 아사카는 혀를 내밀었다.

"베에, 파래졌어요?"

"어디 보자…… 오오, 조금 파래졌어."

"유우 오빠도 보여주세요."

"자."

혀를 내밀었다― 그 순간,

"에잇."

아사카는 내 입 속에 빙수 한 숟가락을 집어넣었다.

"어걱, 커, 커헉."

운 나쁘게 목젖에 명중해서 몸부림쳤다. 그 모습을 보고 아사카는 큭큭거리며 웃었다.

"야, 아사카!"

"우후후."

＊

'――곧 휴식시간입니다. 여러분, 수영장에서 나와주십시오.'

수영 시간 종료를 전하는 방송이 나왔다. 다시 수영장에 들어갈 수 있는 건 10분 뒤다.

담당자의 유도를 받아 사람이 차례차례 수영장에서 나갔다. 그렇게 되면 당연히 풀사이드의 밀도는 단번에 높아진다. 올라오는 사람의 무리를 관찰해봤지만 둘은 없었다.

"하루야마, 뭐 먹고 싶은 거 있어?"

"류샤쿠, 배 안 고파? 잠깐 식당 갔다 올게."

"어? 그럼 야키소――"

난 미야의 입을 막았다.

"아~, 괜찮아 괜찮아, 아니 안 듣네."

이쪽의 대답도 기다리지 않고 남자 집단은 식당으로 갔다. 난 가능한 한 다른 사람과 접촉하지 않도록 벽가에 자리 잡기로 했다.

"마, 마히루, 괴로워."

"미안 미안."

딱 미야를 벽쿵하는 형태가 되어 있었다. 내 가슴 위치에 미야의 얼굴이 있어서 입과 코를 막아버린 듯했다.

"푸하아, 죽는 줄 알았네. 그건 그렇고 유우 오빠도 아사카도 어디에 있는 걸까."

"그러게~."

"만날 장소를 정해둘 걸 그랬어."

"그러게~."

"아사카, 또 유우 오빠한테 착 달라붙어 있을지도…… 둘이서 데이트? 치사해!"

"그러진 않겠지. 아마도."

'현재, 휴식 시간입니다. 담당자의 지시에 따라 수영장 바깥에서 기다려주십시오.'

가까이에 있는 스피커에서 방송이 들렸다.

잠깐만? 어떤 아이디어가 기억의 밑바닥에서 되살아났다.

"미야, 좋은 생각이 났어."

"어?"

휴식이 끝나고 다시 수영 시간이 되었다.

"이제 슬슬 마히루랑 미야랑 합류할까. 배도 고프고."

"유우 오빠, 저기 저기."

"응?"

아사카는 북쪽의 수영장을 향해 갔다. 이 수영장 안쪽은 벽 일부가 지붕처럼 튀어나와 거기서 물이 흘러 떨어지는——규모는 작지만 폭포 같은 것——장소가 있다.

그 튀어나온 지붕 아래에도 공간이 있어 들어갈 수 있게 되어 있다. 아사카는 거기에 가고 싶은 것 같았다.

"아~, 여긴가."

물을 뚫고 안으로 들어갔다. 그늘져서 조금 어둑어둑했다.

"다행이다, 아무도 없네요."

벽에 등을 기댔다.

물소리와 아이들의 목소리가 들려왔다. 흘러 떨어지는 물 너머로 보는 바깥의 풍경은 뭔가 선명하지 않아 모두가 있는 수영장과 동떨어져 있는 듯한 기분이 들었다.

아사카는 나에게 바싹 붙어서 말했다.

"차분해지네요."

"그렇네."

"단둘이라 기뻐요. 넷이 있는 것도 즐겁고 그 시간도 소중하지만, 전 둘이서만 지내는 시간도 갖고 싶어요. 그리고 왠지."

"뭐?"

"도피행 같아서 즐거워요."

"호들갑이네."

"유우 오빠, 만약 제가 세상에게 쫓기면 저랑 같이 도망쳐 줄 거예요?"

"갑자기 뭐야, 이야기가 너무 뜬금없잖아."

"됐으니까 대답해주세요."

"안심해, 난 무슨 일이 있어도 너희 편이니까."

"⋯⋯기뻐요."

아사카는 촉촉한 눈으로 날 올려다봤다. 그 눈동자의 반짝임 은 바라보고 있으면 빨려 들어갈 것만 같았다. 볼은 빨갛게 물 들고 숨결이 거칠었다.

가냘픈 어깨를 안자 아사카는 몸을 움찔 떨었다. 슬릿 너머로 보이는 가슴골에 물방울이 흘러 떨어졌다.

"유우 오빠――."

아사카가 눈을 감은 그때였다.

'미아 안내 드립니다. 시내에서 오신 아리츠키 유우 군, 겐도지 아사카 양, 보호자 분이 찾고 있습니다. 관내 접수처에서――'

"아닛――."

"어머나."

지직거리는 방송이 끝나는 것과 동시에 뇌리에 어떤 악몽이
되살아났다.

이O에서 미아가 됐으면서 날 미아로 불러낸 그 불쾌한 사건
의 기억이…….

"이, 이 이 썩을 꼬맹이들이……."

난 이제 사회인이라고. 또 아는 사람이 들었으면 어떻게 할 거
냐고…….

"유, 유우 오빠, 갈까요."

"그래, 그 녀석들, 혼쭐을 내줘야지."

"……적당히 하세요."

수영장에서 나오니 해는 이미 중천에 떠 있었다.

4

"마히~, 어제는 미안해."

카오리가 양손을 팡 소리가 나게 맞대고 사과했다. 어제 일이
라는 건 시민 수영장 일이겠지. 같은 학교 녀석들과 그런 곳에
서 만난 건 예상 밖이었다.

유우 오빠랑 아사카는 둘이서 어딘가로 가버렸고, 남자들을
상대하면서 미야를 지키는 건 힘들었다. 최종적으로 휴식시간
을 이용해서 남자들의 포위에서 빠져나오는 기지(?)를 발휘해
유우 오빠랑 아사카와 합류할 수 있었으니 괜찮다고 생각한다.

"괜찮다니깐."

카오리 탓도 아니고, 누가 잘못한 게 아니니까.

"그보다 그 그룹은…… 그런 거야?"

여름 방학에 남녀가 함께 수영장에 간다는 건 연애 목적이란
뜻이지.

"앗, 아냐 아냐. 반 친구들 다 같이 수영장에 가자는 이야기가
나왔을 뿐이지, 딱히 이상한 모임은 아니거든."

말은 그렇게 하지만 카오리의 얼굴은 조금 빨개져 있었다.

"정말인가아."

"저, 정말이라니깐. 지금은 배구가 연인이니까. 앗, 감독 왔어."

"알고 있어 알고 있어. 자, 연습 시작하자."

오늘은 오전 중에만 부활동 연습이 있다. 통풍이 잘 안 되는
제2체육관에 구호 소리와 공이 여기저기 날아다니는 소리가 울
렸다.

"더워라…… 나이스 서브!"

오늘도 여전히 푹푹 찐다. 체육관 안에 열이 차서 꼭 사우나
같다. 뛰고 구르고 치고 소리치고 언제나처럼 연습을 하고 있을
뿐인데, 1시간도 안 돼서 연습복이 땀으로 축축해져 버렸다.

3시간 정도의 연습을 끝낼 무렵에는 다들 녹초가 되고 땀에
흠뻑 젖어서 샤워실에는 장사진이 생겼다.

"이 뒤에 어떡할래?"

"맥○이라도 갈래?"

"아, 난 예정 있어서 안 돼."

"아~, 낫층 남자 친구 생겼댔지."

"에~, 진짜?"

"헤헤, 여름 방학 하기 전에 고백받아서 말이야."

1학년들이 연애 이야기에 열중하느라 체육관에서 좀처럼 나가지 않았다.

"자자, 수다 떨지 말고 얼른 샤워하러 가."

"""네~."""

"으헤에, 벌써 끈적끈적해. 마히~ 우리도 가자."

카오리가 말했다.

"난 회의하고 정리해야 하니까 마지막에 해도 괜찮아."

"그래? 그럼 먼저 갈게."

감독과 여름 합숙과 연습 일정에 관한 회의를 하고 샤워실로 향했다. 그 도중에.

"카오리?"

체육관 옆에서 카오리와 교복을 입은 남자가 서서 이야기를 하고 있었다. 이름이 생각 안 나는데, 분명 어제 수영장에 갔을 때도 있었던 녀석이다.

둘 다 부끄러운 듯이 얼굴을 빨갛게 물들이고 있었다. 남자가 어색한 손놀림으로 카오리의 손을 잡았다. 카오리는 한순간 깜짝 놀란 것처럼 표정을 굳혔지만, 금방 표정을 풀었고 두 사람은 그대로 어딘가로 가버렸다.

"……진짜냐."

역시 그런 거잖아.

1학년 때부터 남자 친구도 안 만들고 배구 외길이었던 카오리가 말이지. 저렇게 좋아하다니.

"사랑이라~."

카오리 녀석, 기쁜 표정을 짓고 있었지. 이미 사귀고 있는 걸까. 어쨌든 그 둘의 모습을 보면 서로 좋아하는 거겠지. 그야 기쁠 것이다. 자기가 좋아하는 남자가 자기를 좋아해주는 거니까.

인기척이 없어진 샤워실에 들어가 갈아입을 옷을 바구니에 넣었다. 옷과 속옷을 벗어 주머니에 넣고, 마지막으로 리스트밴드를 푼 뒤 뒤에 꿰매 붙인 하트를 바라봤다.

스스로 꿰매 붙인 하트 문장.

"사랑…… 이라."

뭐, 나하고는 연이 없는 이야기다. 미지근한 물을 머리부터 뒤집어썼다.

정오를 알리는 소리가 멀리서 들려왔다.

*

"안녕하세요~."

"오오 마히루."

집에 가는 길에 〈문 나이트 테라스〉에 들렀다. 유우 오빠가 내 눈을 지긋이 바라봤다. 여느 때와 같은 멍하고 다정한 눈이다.

"밥 먹었어?"

"아니 아직. 완전 배고파."

"좋아 좋아, 그럼 뭐 좀 먹고 가. 매상에 공헌해라."

"음, 카르보나라에 샐러드, 그리고 피자 토스트 두 개에 콜라 플로트."

"여전히 잘 먹네."

"부활동 끝나고 오는 길이니까."

사실은 좀 더 먹을 수 있지만, 오늘은 그럴 기분이 아니다.

유우 오빠가 주문을 받아서 아저씨가 있는 곳으로 갔다. 그 뒷모습을 바라보고 있으면 왠지 안심이 됐다.

딸랑딸랑 하고 도어벨이 울렸다. 입구를 보니 미야와 아사카가 같이 들어왔다.

"아, 마히루."

"마히루, 딱 좋은 타이밍에 있네."

둘은 쇼핑하고 돌아오는 길인지 종이봉투를 손에 들고 있었다. 미야가 맞은편에, 아사카가 내 옆에 앉았다.

"어서 와~. 덥지."

아줌마가 물과 내 콜라 플로트를 가져왔다. 그리고 미야와 아사카의 주문을 받고 돌아갔다.

"마히루, 요리는 조금만 더 기다려줘."

아줌마가 미안한 듯이 말했다.

"네~."

점심시간인 만큼 꽤 바쁜 것 같았다.

"그래서 뭐 샀어?"

"이거? 추리소설이야. 아사카가 추리소설을 읽고 싶다고 해서 이것저것 가르쳐줬어."

"흐음."

"마히루도 읽을래?"

"아니, 난 됐어. 독서는 별로 안 좋아해서."

전에 딱 한 번 미야한테서 추리소설을 빌린 적이 있는데, 그다지 재밌게 읽지 못했다. 그렇다기보다는 독서 자체가 서투른 것일 뿐일지도 모른다. 활자가 빼곡하게 나열되어 있는 것을 보면 현기증이 난다.

"뭐, 호불호가 갈리니까~."

"마히루, 부활동 끝나고 온 거야?"

"응, 이제 끝났어. 오후는 프리해."

"그럼 밥 먹고 다 같이 위에 가자. 유우 오빠, 괜찮죠?"

"어~, 괜찮아~."

"그러고 보니 말이야, 조만간 또 수영장에 가고 싶단 말이지."

미야가 말했다.

"그치, 어제는 어중간하게 끝나버렸지."

"그래, 아사카! 어제 둘이서 뭐 했어!"

"미야, 이제 와서 물어보는 거야?"

"지금 생각났어."

"아무것도 안 했어. 둘이 친구한테 끌려가서 어쩔 수 없이 우리도 둘이서 어슬렁거리기만 한 거잖아요, 유우 오빠."

"어, 어어, 그렇지."

"정말?"

미야가 유우 오빠를 가만히 응시했다.

"딱 달라붙어 있지 않았어?"

"……아니, 그."

"붙어 있었어?!"

아사카는 한숨을 쉬고 말했다.

"수영장인걸. 거리는 자연스럽게 가까워지지. 워터슬라이드 때도 그랬잖아? 그냥 평범하게 유우 오빠랑 수영장에서 놀았을 뿐이야."

"음~~, 그런 건가? 하지만 둘만 있었다니 수상한데."

"잘 들어, 미야, 애초에 나와 유우 오빠가 단둘이 된 건 미야랑 마히루가 우연히 친구를 만났기 때문이잖아?"

"그건 그렇…… 지만."

"그보다 미야, 전부 재밌어 보이는데 어떤 책부터 읽으면 돼?"

"아, 그러니까, 초보자는 이 '점성술 살인사건'부터——"

＊

오늘은 밤늦게까지 유우 오빠의 방에서 게임 대회를 했다.

지금 이대로가 좋다.

이렇게 넷이서 지내는 일상이 소중한걸.

유우 오빠의 상경으로 인해 한 번은 이지러졌던 일상.

그때와 똑같은 즐거운 네 사람의 시간이 10년 만에 돌아왔다.

미야, 아사카, 유우 오빠, 그리고 나.

계속 넷이서 있을 수 있다면 그걸로 좋다.

계속, 계속…….

지금의 관계가 다시 이지러지지 않도록.

부서져 버리지 않도록.

자신의 마음은 숨겨두자, 언제까지나.

건방진 꼬맹이와 숨바꼭질

1

저녁의 공원은 많은 아이들로 붐볐다.

서쪽 하늘이 오렌지색으로 물들기 시작했고, 피부에 닿는 공기가 썰렁해지기 시작했다. 공원에서 노는 아이의 연령층은 넓어서 위로는 초등학교 고학년부터 아래로는 유아까지, 다양한 세대가 섞여 놀고 있었다.

놀이기구에서 뛰어다니는 사람, 모래판에서 독창적인 작품을 만드는 사람, 휴대용 게임기를 가지고 와서 대전하는 사람, 가장자리 쪽에서 캐치볼을 하는 사람, 카드가 더러워지는 것도 신경 쓰지 않고 땅바닥에서 카드게임을 하는 사람 등등, 아이의 수만큼 놀이가 있다.

주위에는 보호자가 모여 자신의 아이를 지켜보면서 잡담을 하고 있었다. 공원 앞의 도로는 장을 보러 가는 차 때문에 약간의 정체가 일어났고, 가끔 녹색 형광 재킷을 입은 지역을 순찰하는 아저씨가 보도를 횡단했다.

옛날부터 변하지 않는 저녁 풍경이다.

"""술래님 술래님, 무슨 색인가요?"""

"빨간색."

우리는 빨간 것을 찾아서 공원을 뛰어다녔다. 아사카는 소방차를 본뜬 놀이기구를 터치했다. 다른 빨간 것, 빨간 것…… 그렇지.

공원 입구에 분명 우체통이 있었지. 그런 생각이 나서 입구 쪽으로 가니, 이미 미야가 우체통에 손을 대고 있었다.

"소용없어. 이건 내 거야."

"젠장."

뒤돌아보니 눈앞에는 마히루의 의기양양한 얼굴이 있었다.

"앗."

한 발 한 발 이쪽으로 다가오는 마히루. 난 마히루의 빨간 티셔츠를 집고,

"빠, 빨간색…… 안 되려나."

"안 돼~!"

"그렇겠죠."

마히루는 내 배에 뛰어들었다.

"유우 오빠 잡았다."

"큭."

"또 유우 오빠가 술래야?"

미야가 기가 막힌다는 듯이 말했다.

"색깔 술래잡기 센스가 없어, 유우 오빠는."

색깔 술래잡기 센스는 뭐냐.

"다음은 유우 오빠가 술래인가요?"

아사카가 합류해서 내 손을 잡았다.

"왠지 색깔 술래잡기도 질리기 시작했어. 두 번 중에 한 번은 유우 오빠가 잡히는걸."

미야가 철봉에 기대면서 말했다.

"다음은 뭐 할래?"

마히루는 날 올려다봤다.

"집에 가기에는 좀 이르지."

아사카가 시계탑을 봤다. 4시 반이 다 되어간다.

가을의 해는 빨리 떨어져서 이 시기에는 5시를 넘길 무렵부터 금방 어두워진다. 조금만 더 놀고 너무 늦지 않게 집에 돌려보내야 한다.

"그냥 술래잡기라도 할래?"

내가 물어보자 미야는 약간 불만스러운 듯이 고개를 갸웃했다.

"뛰어다니는 건 이제 질렸으니까~, 숨바꼭질이라도 하자."

"숨바꼭질이라, 좋네."

"찬성."

마히루와 아사카도 동의했다.

숨바꼭질이라는 말을 듣고 난 마음속으로 웃었다.

……바보 녀석. 숨바꼭질은 내가 가장 잘하는 놀이다. 색깔 술래잡기라는 마이너한 놀이로 실컷 바보 취급했겠다? 진짜 어른의 실력을 보여주겠다, 건방진 꼬맹이 녀석.

2

"27, 28──"

숨바꼭질.

일본의 전통적인 놀이 중 하나로 그 이름대로 숨는 것을 주체로 하는 놀이다. 술래가 근처까지 다가왔을 때의 긴박감과 들키지 않고 술래가 지나갔을 때의 두근거림은 다른 놀이에서는 절대로 맛볼 수 없을 것이다. 바로 그런 스릴이 묘미인 놀이이다.

참가자는 술래에게 들키지 않도록 머리를 쥐어짜서 숨을 곳을 열심히 찾는데, 들키느냐 안 들키느냐에 운도 크게 작용한다는 건 부정할 수 없다.

그런 가운데 난 이 숨바꼭질의 필승법을 고안해냈다. 숨는 사람만 쓸 수 있지만, 지금까지 이 필승법을 깬 자는 존재하지 않는다.

"29, 30. 이제 됐어?"

"'이제 됐어.'"

술래인 미야가 외치자, 마히루와 아사카의 목소리가 겹쳐졌다. 나도 똑같이 대답했다.

드디어 시작이다.

공원 안에서만 숨을 수 있으며 맨 먼저 들킨 사람이 다음 술래가 되는 심플한 룰이다.

미야는 여러 방향을 본 뒤에 놀이기구 주위부터 찾기 시작했다. 놀고 있는 다른 아이들 사이를 술술 잘 빠져나가면서 묵묵히 수색했다. 그 모습은 마치 도망친 사냥감을 쫓는 고양이 같았다.

잠시 후, 미야는 소리쳤다.

"마히루 찾았다."

마히루는 바깥둘레의 수풀 속에 숨어있었다. 하지만 옷의 색이 주변에 전혀 녹아들지 못해 빨간 셔츠가 빈틈으로 비쳐 보였다.

"젠장~, 바로 들킨 건가."

"바로 알았어. 옷이 보였으니까."

들킨 사람은 술래와 함께 남은 멤버를 찾아다닌다.

"유우 오빠는 크니까 금방 찾을 수 있을 거야."

마히루는 그렇게 말하면서 약간 위쪽으로 시선을 향했다.

둘은 놀이기구를 이 잡듯이 하나하나 수색해 나갔다. 그 와중에──.

"오, 아사카 찾았다."

마히루가 아사카에게 안겼다.

아사카는 놀이기구 안쪽의 복잡하게 얽힌 곳에 숨어있었다. 벽의 판자가 사각이 되어 밖에서 언뜻 보기만 하면 찾지 못했을 것이다.

"들켰다."

"좋아, 이제 유우 오빠만 남았네"라고 말하는 미야.

"유우 오빠 주제에 마지막까지 남다니 건방져."

마히루가 미간을 찌푸리고 공원을 둘러봤다.

"흥, 유우 오빠 따위는 금방 찾아내 주겠어."

미야가 주먹을 높이 들어 올리자 두 사람도 그걸 따라서 손을 뻗었다.

"""오~."""

"어～이, 유우 오빠, 어디 있나요～."

"틀렸어, 전혀 못 찾겠어."

"에～, 이상하네."

세 건방진 꼬맹이는 공원 안을 우왕좌왕하면서 날 찾아다녔다. 하지만 녀석들은 여태까지도 날 찾아내지 못했다.

훗훗후.

그도 그럴 것이다. 난 숨바꼭질 필승법을 구사하고 있으니까.

건방진 꼬맹이들이 다시 놀이기구 쪽으로 이동한 것을 확인하고 난 그 뒤를 잡듯이 같은 방향으로 이동했다. 항상 술래의 배후의 연장선상에 위치를 잡고 계속 술래와 똑같이 움직인다. 장애물이 있으면 더욱 좋다. 만일 술래가 돌아온 경우에는 술래가 이미 확인한 곳에 숨어서 모면한다.

같은 곳을 두 번 확인하는 경우는 거의 없어서 간단히 대응할 수 있다.

그렇게 **계속 술래의 시야 바깥에 있는다**. 이게 바로 숨바꼭질 필승법이다. 적어도 이 지역에는 숨는 사람이 움직여서는 안 된다는 규칙이 존재하지 않는다. 참가자는 가만히 계속 숨어 있는다는 선입견을 역이용한 이 전법을 깬 사람은 18년 동안 한 명도 없었다.

뭐, 술래잡기나 깡통차기와는 달리 어디까지나 숨바꼭질이라 내 모습이 발견된 시점에 게임이 종료되지만.

자 그럼, 건방진 꼬맹이들은 날 찾을 수 있을까?

"음~, 진짜 없네."

마히루는 팔짱을 끼고 땅을 바라봤다.

"설마 공원 바깥에 숨었다거나?"

아사카가 말하자 마히루는 고개를 끄덕끄덕 끄덕였다.

"그럴 수도 있어. 유우 오빠는 가끔 비겁한 수단을 쓰는 남자야. 우리의 빈틈을 찔러서 공원 밖에 갔을 가능성이 있어."

"그렇네. 앨범 때도 비겁한 전법을 썼어"라고 말하는 미야.

"유우 오빠 자식, 찾아내면 혼내줄 거야."

저 꼬맹이 놈들, 멋대로 지껄이고 앉아 있어.

"그럼 주변을 보고 오자."

세 명은 주택가 쪽의 출입구를 통해 공원 바깥으로 나갔다. 그 뒤를 쫓아 나도 공원 바깥으로. 일정 거리를 유지하면서 가끔씩 전봇대나 모퉁이에 몸을 숨기며 세 명의 뒤를 밟았다.

그렇게 우리는 5분 정도 공원 주위를 배회하고 입구로 돌아왔다. 그동안 내 기척을 알아차릴 기미는 눈곱만큼도 보이지 않았다.

"이상해, 진짜 없어."

"혹시 집에 갔다거나?"

"어~이, 유우 오빠."

불안해졌는지 세 명의 목소리가 약해졌다.

이제 슬슬 됐나. 너무 걱정시키면 불쌍하다. 뒤에서 확 튀어나와 깜짝 놀라게 해줘야지.

그렇게 세 명에게 달려들려는 내 손을 누군가가 잡았다.

"어?"

보니까 녹색 형광 재킷을 입은 지역을 순찰하는 아저씨가 험악한 표정으로 날 보고 있었다. 왼팔의 완장에는 '방범'이라는 문자가 보였다.

"저, 저기요?"

아저씨는 수상하다는 듯이 날 응시하며 말했다.

"자네, 아까부터 계속 **저 아이들의 뒤를 쫓아다니던데**, 지금 뭘 하려고 한 거지?"

"아니, 그러니까――"

"자네, 아직 학생이지?"

"아니, 그게 아니에요. 아, 아니 학생이긴 한데…….."

그러는 동안 건방진 꼬맹이들은 공원 안으로 들어갔다.

"아이를 노리는 범죄가 늘고 있으니까. 잠깐 같이 가주겠나?"

"아니 그러니까…… 야~, 미야, 마히루, 아사카! 나 여기 있어."

"나, 날뛰지 마라, 죄송합니다, 누가 좀 와주세요. 수상한 사람이――"

*

세 명이 내가 있다는 걸 알아차리고 돌아와서 오해는 풀렸지만, 숨바꼭질 필승법이 이런 식으로 깨질 줄은 몰랐다.

건방진 꼬맹이는 찾고 싶어

1

"음~, 없네."

마히루가 배트로 풀숲을 헤치면서 말했다.

"정말 이 주변에 있을까."

아사카는 까치발을 하고 주위를 둘러봤다.

"바보 오빠가 까부니까 이렇게 된 거야."

미야가 싸늘한 시선으로 날 올려다봤다.

"윽······."

"제대로 찾아."

뭐라 할 말이 없다.

"알았어, 나도 제대로 찾고 있어. 근데 분명 이 근처에 있을
건데."

난 발치에 있는 풀을 발로 헤쳐봤다. 하지만 축축한 땅이 드러
나기만 하고 찾는 것은 발견되지 않았다.

후지산에서 마을 중심을 거쳐 흐르는 우루이강. 우리는 그 하
천 부지에 있었다.

"아, 미야. 강에 너무 가까이 가지 마."

미야는 호안블록 경사 도중에 있었다. 이 시기에 물살은 세지
않고 수량도 적지만 아이의 몸은 쉽게 떠내려갈 것이다.

"음~, 없어."

"떨어지면 위험하잖아, 자."

미야의 손을 잡아당겨 데려왔다.

"강 안에는 안 들어갔을 거야. 내가 풀숲 속에 떨어지는 걸 봤는걸."

"강에 떨어졌으면 이미 떠내려갔겠지."

아사카가 말했다.

"음~, 너무 진지하게 했나."

"진지하게 한 정도가 아니잖아!"

마히루가 배트로 내 엉덩이를 퍽퍽 때렸다. 어린이용 플라스틱제 배트라서 그렇게 아프진 않다.

쌀쌀한 바람이 강의 수면을 건너 강기슭에 울창하게 우거진 초목을 흔들었다. 모처럼 따뜻해진 몸이 완전히 식어버렸다. 너무 어두워지기 전에 찾아야 한다.

그것은 20분 정도 전의 일이다.

"호이."

난 고무공을 언더핸드로 던졌다. 공은 완만한 곡선을 그리면서 벽을 향해 날아갔다.

"에잇."

배트를 쥔 미야가 큰 스윙을 보여줬다.

"스트라이크."

벽에 튕겨 나온 공은 땅을 통통 굴렀다.

"핫핫하, 스치지도 않았다고."

"크으."

"공을 좀 더 잘 보고, 손으로 하려고 하지 마. 허리를 써서 힘껏 휘둘러."

뒤편에 강이 흐르는 하천 부지 운동장. 우리는 그 한 모퉁이에 있었다.

오늘은 야구를 하고 싶다고 해서 내가 어릴 때 쓰던 고무공과 배트를 빌려주기로 했다.

난 고등학교에서는 농구부였지만, 사실 중학교 시절엔 야구부에 소속되어 있었다. 초등학교 3학년 때부터 지역의 소년 야구에 참가했기에 나름의 실력은 있다고 자부하고 있다.

고등학교에서 야구부를 선택하지 않은 데는 큰 이유가 있다. 왜냐하면 고등학교 야구는 3년 동안 강제로 까까머리가 되기 때문이다. 중학교 야구는 여름 대회 때만 까까머리로 깎으면 되지만, 고등학교에 들어가면 그렇게는 안 되는 모양이다. 나에겐 꽃다운 고등학교 3년 동안 까까머리로 지낼 용기가 없었다.

"으럇."

배트가 허공을 갈랐다.

"스트라이크, 삼진이야."

"젠장~."

"미야, 다음은 나야. 원수를 갚아줄게."

마히루가 배트를 쥐었다. 미야보다는 모양이 낫지만, 아직 자세가 높네.

"얍."

공을 살살 던졌다.

"에잇."

탱 하고 맥 빠지는 소리가 났다.

"대단해, 쳤어."

아사카가 꺅꺅거리며 펄쩍펄쩍 뛰었다.

투수 쪽으로 돌아오는 땅볼이지만, 첫 공부터 치다니. 게다가 제대로 허리를 돌려 몸을 써서 휘둘렀다. 역시 운동 신경이 좋은 마히루답다.

"다음은 홈런이야."

"그렇게는 안 되지."

아까보다 아주 약간만 더 힘을 줬다.

"에잇."

이번엔 스위트스팟으로 공을 쳤다. 공이 떴다.

"오오."

하지만 어차피 초등학교 1학년 여자아이의 완력. 거리로 보면 2루 주변의 뜬공이다.

"대단해 마히루, 홈런이야."

"대단해 대단해."

"핫핫하, 날 누구라 생각하는 거냐."

"좋아~, 그럼 다음은 아사카야."

미야가 아사카의 손을 잡아끌었다.

"잘할 수 있을까. 나, 야구 해본 적 없는데."

"괜찮아, 나도 처음이었으니까."

아사카는 마히루에게 배트를 받았다.

프릴이 달린 원피스를 입은 여자아이에 배트라는 이색적인 조합이다.

"왼손을 아래에 두고, 양손을 붙여."

"이렇게?"

"그래 그래, 그리고 힘껏 휘두르는 거야."

아사카는 마히루의 코치를 받으면서 배트를 휘둘렀다.

"이제 됐어?"

"네."

"간다."

미야 때보다 더 힘을 빼고 던졌다. 약간 안쪽에 붙은 코스로 날아갔다.

"꺅."

아사카는 휘두르기는커녕 몸을 뒤로 젖히고 말았다.

"유, 유우 오빠, 가까이 던지지 마세요."

"미안 미안. 그래도 맞아도 안 아프니까 안심해."

"으으."

"아사카, 힘껏 휘둘러버려."

"으, 응."

다시 포물선을 그리는 느린 공을 던졌다.

"얏."

헛스윙.

"에잇."

헛스윙.

"야압."

헛스윙."

"아사카도 삼진이네."

"으~, 어려워요."

"있잖아~, 유우 오빠, 나도 투수 하고 싶어."

마히루가 이쪽으로 달려왔다.

"투수는 꽤 어려운데?"

"하고 싶어."

어쩔 수 없네. 간단하게 던지는 법을 가르쳐줄까.

"잘 들어, 손만 써서 힘껏 던지는 게 아니라 이렇게 몸을 비틀고 앞에 디딘 발을 중심으로 되돌리는 느낌으로. 이때, 손이 제일 마지막에 오도록 던지는 거야."

"이렇게?"

"……오오."

구속은 별로지만, 제구가 꽤 잘 됐다.

놀라운 녀석이다.

"너 잘하네."

"헤헤. 그럼 유우 오빠가 타자 해."

"좋지."

"간다~."

"그래."

배팅은 오랜만이다.

"마히루, 힘내~. 유우 오빠는 데드볼로 맞혀버려."

그러면 내가 이기잖아.

뭐, 난 아이를 상대로 제 실력을 발휘하는 점잖지 못한 남자가 아니다. 처음엔 일부러 헛스윙을 해줄까. 공 위로 휘둘렀다.

"좋아."

"제, 젠장~."

2구째는 한 템포 늦게 헛쳤다.

"유우 오빠는 진짜 허접이네."

마히루가 의기양양한 표정을 보였고 미야도 야유를 날렸다.

"허접 허접~."

"유우 오빠, 힘내세요."

"……."

이제 됐나.

투 스트라이크를 따서 마히루도 만족했을 것이다. 아무리 봐 준다고 해도 아이를 상대로 삼진을 당하면 내 체면이 서지 않으니, 가끔은 내가 얼마나 대단한지를 보여줘야겠다.

어른의 힘을 알게 해주겠다.

"이걸로 끝이다."

마히루가 3구째를 던졌다.

"흥."

배트를 끝까지 휘둘렀다.

상쾌한 소리가 났다.

"앗."

"어?"

"아아."

……잘못 생각한 것은 고무공이 의외로 잘 날아간다는 것이었다. 배트도 플라스틱제이니 기껏해야 외야에 떨어지는 정도의 타격일 줄 알았다. 하지만 타구는 쭉쭉 뻗어 강과 운동장 사이에 있는 풀숲에 빨려 들어갔다.

2

"이쪽에도 없네."

설마 그렇게 날아갈 줄은 몰랐다.

"찾는 곳을 바꿔보자."

미야가 다리 아래 부근으로 이동해서 마히루와 아사카도 따라갔다. 저런 곳에는 없을 것 같은데……

"강에는 절대로 들어가지 마."

"알고 있어."

난 반대 방향으로 수색 범위를 넓혔다.

그건 그렇고 쓰레기가 많네. 과자봉지에 페트병, 알 수 없는 덩어리 같은 것도 있다. 쓰레기 정도는 자기 집에서 좀 버리라고.

그렇게 수색을 재개한 지 몇 분, 내 시야에 어떤 물건이 들어왔다.

"……앗."

야한 책이다.

그것도 그런가. 강이라고 하면 폐가, 잡목림을 잇는 야한 책을 버리는 곳이다. 하지만 장소가 장소인 만큼 전체가 젖어있어서 페이지를 넘기는 것조차 어려운 상태다.

참 아깝다…….

"어~이, 유우 오빠, 찾았어~?"

미야가 외쳤다.

"아니, 없어…… 헉!"

"여기에도 없어~."

"그, 그래."

큰일이다. 저 녀석들이 이쪽에 돌아오면 이걸 발견해버릴 우려가 있다. 아이——특히 여자 아이——에게 이런 걸 보여줄 순 없다.

저 녀석들이 돌아오기 전에 눈에 띄지 않는 곳으로 이동시켜야 한다.

"그, 그럼 그쪽을 조금만 더 찾아줘~."

"알았어~."

난 주위에 떨어져 있는 야한 책을 겹쳐 들고 어딘가 숨길 수 있는 곳이 없는지 주위를 둘러봤다. 더 아래쪽으로 이동시킬까? 아니면 풀로 덮어서 숨길까…… 하지만 그렇게 하면 꼬맹이들이 풀을 헤쳤을 때 발견될 우려가 있다.

난 물에 불은 야한 책을 안고 어떻게 해야 할지 고민했다.

그때였다.

"아리츠키?"

귀에 익은 목소리가 들렸다. 올려다보니 러닝웨어를 입은 히카리가 있었다.

"시, 시모무라? 뭐해."

"뭐하냐니, 러닝 중이야. 아리츠키야말로 뭐 하— 어?"

히카리의 시선이 내 손으로 옮겨갔다.

"……그건."

등골에 오한이 일었다.

"아, 아냐, 아니라고."

히카리의 눈에서 생기가 사라졌다.

"남자애잖아, 그런 걸 좋아하는 건 어쩔 수 없는 일이라 생각해. 하지만 강에 버리다니……."

히카리는 내뱉듯이 그렇게 말하고 그 자리에서 도망치듯이 뛰기 시작했다.

"아니야, 오해라니깐——."

최악이다. 난 야한 책을 풀숲 속에 숨기고 히카리를 쫓았다.

"시, 싫어어어."

"오해야, 이야기를 들어줘~."

*

상황을 처음부터 설명해서 오해는 어떻게든 풀렸다. 참고로 공은 미야가 찾았다.

1

동쪽 하늘에 빛나는 태양이 하루의 시작을 알렸다.

맑은 아침 공기를 가슴 한가득 들이쉬면서 걸으면 기분이 좋다. 회사를 다니던 때에 이 시간대에는 항상 첫 번째 배달 준비를 하고 있었지. 출근은 찍지 않고.

"어라, 그쪽 당번은 유우 군이구나. 일찍 일어나고 장하네."

"아니에요, 아직 졸려요."

마히루의 어머니, 류샤쿠 아스카는 10년이 지나도 여전히 큰 것을 가지고 계신다. 딱 붙는 티셔츠에 드러나는 속옷의 형태가 눈 둘 곳을 모르게 한다.

"유우 군이 오면 마히루한테 오라고 할 걸 그랬네. 걔 오늘은 오후 연습이 있어서 집에 있을 테니까."

"마히루, 고등학교 선수권 대회를 목표로 하고 있다면서요."

"올해는 마지막 해라서 그런지 엄청 열심히 하고 있어."

완전히 날이 샌 오전 6시를 넘긴 시간. 여름이라고는 해도 이 시간대에는 아직 살짝 쌀쌀하다. 이윽고 나와 아스카 씨는 근처의 공원에 도착했다. 중앙에 가까운 땅에 라디오 카세트를 놓았다.

"이쯤이면 되나요?"

"그렇네. 이제 슬슬 모이려나."

오늘은 지역 라디오 체조 당번이라 아침부터 동원되었다. 아리츠키가와 류샤쿠가가 당번인데, 아버지와 어머니는 가게 준비가 바쁜 듯해서 내가 담당하게 됐다.

"아 맞다, 오늘 밤 여름 축제 회의 말인데, 시간 변경된 거 들었어?"

"아아, 회람판에서 봤어요."

"그럼 다행이야. 사야카 씨가 나오는 거야?"

"네."

잡담을 하면서 기다리길 10분 남짓. 아이들이 왔다.

"안녕하세요~."

"그래, 안녕."

"오, 아저…… 유우 씨잖아. 안녕~."

그 속에 미소라와 그 친구 두 명의 모습이 있었다. 분명 검은 머리 포니테일이 타츠키고, 머리띠를 하고 있는 애가 메이였나. 세 명은 자전거를 타고 왔는지 입구에 귀여운 색조의 자전거 세 대가 세워져 있었다.

"안녕하세요~."

"안녕하헤오."

타츠키는 생기가 있었지만 메이는 아직 잠이 부족한 기색이었다.

"유우 씨가 오늘 당번?"이라고 묻는 미소라.

"그래."

"흠~."

"미야는 일어났어?"

"아마 아직 자고 있을 거야. 언니는 진짜 칠칠치 못해서 말이야, 내가 라디오 체조를 끝낸 뒤에 항상 깨워주고 있어."

"흐음, 미소라가 언니 같네."

"정말."

형제자매는 대체로 어린 쪽이 착실해진다는 이야기를 자주 듣는다. 큰 애가 개구쟁이면 개구쟁이일수록 그 모습을 반면교사로 삼아 성장하기 때문일 것이다. 외동인 나는 확인할 길이 없는 이야기이긴 하지만.

"자 그럼, 슬슬 시작할까."

모두 모인 것 같으니 라디오 체조를 시작하자. 난 라디오 카세트의 스위치를 눌렀다. 잠시 후, 그리운 음악이 나오기 시작했다.

＊

스탬프 카드에 오늘 분의 도장을 받기 위해 아이들이 줄을 섰다.

"자."

"땡큐."

미소라는 도장을 받자 입구에 세워둔 자전거의 바구니에서 어떤 것을 꺼냈다.

"자 그럼, 할까."

그녀의 손에 있는 것은 농구공이었다.

"어라? 미소라, 농구해?"

"나, 초등학교 미니 농구 하고 있어."

"호오."

잘 보니 공 표면은 모래에 더러워지고 해져있었다. 상당히 오래 썼을 것이다. 미소라는 타츠키와 메이를 데리고 안쪽에 있는 골로 달려갔다. 탱탱 하고 공을 튀기는 기분 좋은 소리가 귀에 들리기 시작했다.

마지막 아이에게 도장을 찍었다.

"그럼, 이건 다음 집에 전해둘게."

"아, 제가 갈게요."

"괜찮아, 우리 옆집이니까."

"감사합니다."

아스카 씨가 돌아간다. 나도 돌아가려고 했을 때.

"어~이, 유우 씨, 주워줘~."

타츠키의 목소리가 들려왔다.

"응?"

발치를 보니, 공이 굴러와 있어서 주웠다.

"던져줘~."

오랜만에 만지는 농구공. 어린이용이라 사이즈는 작지만 그 거슬거슬한 감촉에 가슴이 뜨거워졌다.

그대로 땅에 튕겨봤다. 공이 탱 하고 모래를 감아올리며 튕겨 돌아왔다. 손바닥에 퍼지는 진동이 기분 좋다.

"유우 씨~, 풉풉풉, 혹시 안 닿는 거야~?"

미소라가 반쯤 웃으면서 말했다.

"그렇게 말한다 이거지."

정신을 차리고 보니 난 드리블을 하고 있었다. 달려오는 타츠키와 메이를 제치고 골대로.

"아닛, 아저씨 주제에 건방져."

미소라가 막아섰다. 아까 전의 두 사람과는 달리 낮은 자세를 잡는 법을 알고 있군. 역시 미니 농구 경험자. 하지만 그래봤자 여자 초등학생이다.

"핫."

"호잇~."

"엣?!"

롤 턴으로 깔끔하게 제쳤다.

"호이."

"아니!"

그대로 레이업 슛을 넣었다. 공이 그물을 흔들고 땅에 떨어졌다.

"대단하다~, 잘한다~."

타츠키가 탄성을 질렀다.

"빙글 하고 돌았어."

메이가 눈을 동그랗게 뜨고 말했다.

"방금 그 움직임…… 아저, 유우 씨는, 혹시 경험자?"

미소라는 돌파당했을 때의 경악한 표정 그대로 말했다.

"고등학교 때 농구부였어."

난 손끝으로 공을 돌려 보였다. 10년 이상의 공백이 있었지만, 그럭저럭 움직일 수 있었다.

"큭, 한 번 더 해."

미소라는 분해서인지 눈썹을 실룩거렸다.

"좋아, 어른의 진짜 실력을 가르쳐주지."

미소라는 공을 튕기면서 말했다.

"타츠키, 메이, 너희도 같이 해."

"어? 3 대 1?"이라고 묻는 타츠키.

"유우 씨 혼자서 괜찮아~?"

메이는 멍한 목소리로 말했다.

아이의 특권이야. 괜찮지? 유우 씨."

"전혀 상관없어. 한꺼번에 덤벼."

뭐, 아무리 3 대 1이라 해도 아이와 어른이다. 압도적인 실력
차로 유린하는 것도 가능하지만, 난 아이를 상대로 진지해져서
전력을 다하는 어른이 아니다.

"나츠키, 옆 옆."

"와왓."

"메이, 패스."

"으헤에."

움직임을 보니 타츠키와 메이는 초보자인 것 같다. 적당히 힘
을 빼고 접전을 연기해주자.

미소라에게 공이 돌아왔다.

"말해두겠는데 난 봐줄 필요 없어."

알고 있었나.

"그럼 제대로 해볼까."

"아저씨 주제에 건방져."

미소라는 좌우로 흔들흔들 움직였다.

"……."

"……."

미소라가 오른쪽 아래로 파고들어 돌파를 시도했다. 상당한 순발력과 예리함이다. 하지만 어른의 수비 범위에서 벗어날 수 있는 정도는 아니다.

멈췄다!

"메이!"

"앗."

미소라의 진로를 완전히 막은 줄 알았는데, 그녀는 내 가랑이로 통과시키듯이 패스했다.

이런. 이걸 노린 건가.

프리한 메이에게 공이 넘어갔다.

"이이얏."

상체를 숙이고 엉덩이를 뒤로 뺀 자세로 날린 슛은 그대로 골 너머에 있는 산울타리 속으로 빨려 들어갔다.

"정말, 뭐 하는 거야."

"이야아, 빗나가버렸네."

"하아."

"미소라, 꽤 잘하네. 자."

난 산울타리 속에서 공을 찾아내 미소라에게 건넸다.

"얼마나 했어?"

"2학년 때부터 시작했으니까, 1년 좀 넘게 했나."

그런데 이 정도 수준인가. 상당한 재능이다. 미야의 동생 같지가 않네.

"유우 씨도 꽤 하네."

미소라는 씨익 입꼬리를 올렸다.

그때였다.

"어~이."

아침의 조용한 하늘에 쾌활한 목소리가 울려 퍼졌다. 이 목소리는…… 마히루다. 운동복을 입은 마히루가 이쪽을 향해 달려오고 있었다.

"아, 마히루."

미소라가 마히루에게 달려가 배에 안겼다.

"무슨 일이야 마히루, 이렇게 아침 일찍부터."

"어? 아아, 아니, 아침 조깅 좀 할까 했어. 그랬더니 다들 있길래."

마히루는 머리카락이 조금 젖어있었고, 다가가니 비누의 좋은 냄새가 났다.

샤워를 하고 왔을 것이다. 그건 그렇고 뛰기 전에 샤워를 하다니, 깨끗한 걸 정말 좋아하는 녀석이다.

"마히루도 할래?"

미소라가 공을 건넸다.

"좋아."

"그럼 나랑 한 판 할까."

"마히루 씨는 농구도 해?"

타츠키가 물었다.

"아니, 체육 수업에서 조금 한 정도."

아이를 상대하는 것보단 더 긴장감 있는 승부를 할 수 있을 것 같지만 뭐, 아무리 마히루라고 해도 농구는 초보일 것이다. 미소라 일행과 했을 때와 마찬가지로 살짝 봐줄까.

"핫."

"아니?!"

마히루는 내 레이업 슛을 옆에서 쳐서 떨어뜨렸다.

"호이."

"으엇."

슛을 하는 척을 해서 내가 뛰는 것과 동시에 대각선으로 빠져나가는 마히루.

이, 이럴 수가. 내가 초보자의 페인트에 걸리다니…….

그리고——.

뒤돌아본 내 눈에 날아든 것은 믿을 수 없는 광경이었다. 공을 쥔 채로 골을 향해 점프하는 마히루.

아니 아니, 거짓말이지.

아무리 배구로 도약력을 단련하고 있다고 해도 그런 일이 있을 리가 없다. 어디까지나 아이가 이용하는 것을 전제한 골이라서 링까지의 높이는 3미터도 안 되지만, 그런 일이…….

그런, 일이——.

"으랏."

공이 내리꽂혀 링이 심하게 흔들렸다. 훌륭한 덩크 슛이 들어 갔다.

"대단하다~, 마히루."

"이야아."

"엄청 점프했어."

"이야아."

"멋있었어요."

"이야아."

"끄으응."

경험자인 날 제쳐놓고 아이들의 선망의 눈길을 독점하다니.

"마히루, 한 번 더 해."

"어쩔 수 없네."

롤 턴으로 빠져나와 레이업을 시도했지만 마히루는 순식간에 쫓아와 점프했다.

그 높이와 순발력은 압도적이라서 눈 깜짝할 사이에 나보다 높이 날아올라 골을 막──은 줄 알았더니,

"아, 마, 마히."

"꺅."

속도가 너무 붙었는지 마히루와 공중에서 접촉했다. 내 얼굴 이 말캉 하고 두 개의 공 사이에 끼었다. 난 따뜻하고 부드러운 벽에 튕겨 나가 엉덩방아를 찧었다.

"우오~, 엄청난 박력의 블로킹."

"마히루 멋져."

"아, 아하하. 유우 오빠, 괜찮아?"

"아, 어어."

마히루는 얼굴을 빨갛게 물들이고 가슴에 손을 대고 있었다.

"미, 미안해."

"어? 뭐, 뭐가."

"아니, 그……."

"나, 난 전혀 신경…… 안 쓰는데."

마히루는 아래로 비스듬히 시선을 돌렸다.

"그, 그래?"

"좋아~, 다음은 팀전 하자."

미소라가 흥분이 완전히 식지 않은 기색으로 제안했다.

＊

그 후, 아리츠키와 마히루는 서로를 너무 의식해서 플레이가 붕 떴다고 한다.

2

그건 〈문 나이트 테라스〉에 놀러갔을 때의 일이다. 오늘 마히루는 하루 종일 부활동이고 아사카도 볼일이 있다고 해서 나 혼자다.

"자, 미야."

"고마워."

점심을 먹은 후, 유우 오빠가 빙수를 만들어서 가져와 줬다. 연유가 듬뿍 들어간 딸기맛이다. 유우 오빠는 말차맛.

"아아~, 머리가 띵해져."

"띵해지네."

아이스크림이나 빙수를 먹으면 머리가 띵 하고 아파지는 현상에는 아이스크림 두통이라는 정식 의학 용어가 있다고 한다. 일설에 의하면 차가운 것을 먹어서 몸이 차가워지면 체온 유지를 위해 혈관이 확장돼서 두통이 일어난다고 한다.

"그것도 맛있겠네."

"응? 먹을래?"

"어?"

유우 오빠는 한 입 분량의 빙수가 얹어진 스푼을 이쪽으로 향했다.

"자."

"괜찮아?"라고 말하면서 난 조금 망설였다.

잠깐 잠깐, 이건 간접키스잖아. 어릴 때는 그런 건 신경 안 썼지만…… 그보다 유우 오빠는 신경 안 쓰는 거야?

살짝 유우 오빠의 얼굴을 보니 평소대로, 지극히 평소대로 멍한 표정이었다. 왠지 나만 신경 쓰는 것 같아서 부끄럽다.

이 상황에 안 먹는 것도 이상하니, 난 허둥지둥 스푼에 입을 가까이 댔다.

"암."

"맛있어?"

"……응, 맛있어."

맛 같은 건 모르겠다. 차가울 텐데 혀가 화끈화끈 뜨겁게 느껴졌다. 하지만 왠지 맛있다. 목으로 넘겨도 입 안이 뜨겁다. 그뿐만 아니라 몸 전체가 화끈했다.

"너도 줘."

유우 오빠는 그렇게 말하고 내 빙수를 퍼갔다.

"아, 연유가 많이 있는 부분 가져갔어!"

"흐하하하하."

빙수를 다 먹고 빈둥빈둥 텔레비전을 보거나 잡담을 했다.

"요즘 추천하는 건 '젤리피시는 얼어붙지 않는다'지."

"유우 오빠, 그거 꽤 옛날 건데?"

"그래?"

"아마 2016년 정도였지. 안 읽었구나?"

"이야, 도쿄에 있을 때는 책을 제대로 못 읽었으니까."

화제는 차차 둘의 공통 취미인 추리소설로 넘어갔고, 어느샌가 둘이서 독서 타임에 돌입했다.

"어라? 이거 뭐야?"

유우 오빠의 미스터리 컬렉션에서 한 권 빌리려고 책장에서 빼냈는데, 안쪽에 끼어있던 것도 같이 나왔다. 한 권의 노트다.

"노트?"

왜 이런 게 책장 안쪽에?

"응? 아, 미야, 잠깐만."

유우 오빠가 이렇게 허둥대는 모습을 보아하니, 야한 건가?

"이게 뭐야?"

팔랑팔랑 넘겨보니, 거기에는 인명과 인물관계도, 겨냥도에 트릭 내용 등이 적혀있었다.

"봐 버렸나……."

"유우 오빠, 이거 창작 노트야?"

유우 오빠는 쑥스러운 듯이 시선을 피했다. 얼굴이 귀까지 빨개진 게 귀엽다.

"어, 어어."

"흐음."

잘 보니 타이틀별로 구분되어 있었다. 어디 보자, '인간 퍼즐', '처형섬의 살인', '인어 마을의 비극 ~고대의 약속과 두 명의 무녀'…….

"이제 됐잖아, 이리 내."

"아웃."

노트를 빼앗겼다.

"유우 오빠, 추리소설 쓰고 있었구나."

오랫동안 추리소설 매니아 생활을 하면 점점 스스로 추리소설을 써보고 싶어지게 된다. 고등학생이 되고 미스터리 연구회에 소속된 이후로는 나도 자작을 회지에 싣기도 하고 있다.

"그게 말이야, 뭐랄까, 설정이나 트릭 같은 걸 생각하는 것까지는 항상 잘 되는데 그걸 이야기로 승화시키려고 하면 아무래도 좀."

"아, 맞아 맞아. 나도 처음엔 그랬어."

충분히 생각하지 않고 쓰기 시작했다가 퇴짜를 맞은 작품은 산더미처럼 있다. 특히 추리소설은 구성이 가장 중요해서 플롯은 꼼꼼하게 만들어야만 한다.

"처음엔? 미야도 써? 아, 그런가. 너 미스연이었지."

"요샌 공부하기 바빠서 별로 못 썼지만. 꽤 썼어."

"흠~."

유우 오빠는 팔짱을 끼고 낮게 소리를 냈다.

그리고——.

"좀 읽게 해줘."

*

차로 내 집까지 이동했다.

"실례합니다~."

"음, 유우 씨잖아."

미소라가 아이스크림을 먹으면서 마중을 나왔다.

"오오, 미소라."

"놀러 왔으면 나중에 공원 가자. 농구 하자."

"나중에 하자~."

어라? 어느샌가 둘이 친해진 것 같은데……

뭐, 됐다. 아무튼 유우 오빠를 방에 들였다. 그러고 보니 새

집의 방에 들이는 건 이번이 처음이다.

내 방에 유우 오빠랑 단둘. 유우 오빠의 방에 있을 때와는 다른 고양감과 두근거림이 내 마음을 흔들었다.

"그, 거기 앉아."

유우 오빠는 어딘지 신기하다는 듯이 실내를 둘러보고 있었다.

부끄럽다. 좀 더 정리해둘 걸 그랬다.

"설마 미야가 쓴 미스터리를 읽을 수 있는 날이 올 줄이야. 그래서 어느 거야?"

"아, 응."

난 책장에서 회지 몇 권을 집었다. 프린트한 것을 끈으로 엮었을 뿐이라 완성도는 빈약하다.

"내 건……."

그렇게 유우 오빠에게 내가 쓴 추리소설을 보여줬다. 회지에 실은 것은 단편뿐이라 빠른 페이스로 페이지가 넘어갔다.

"어때?"

자신이 쓴 것을 누군가가 눈앞에서 읽는 것은 뭔가 낯간지럽다. 내가 만들어낸 내 세계를 유우 오빠가 읽고 있다. 내 내면을 읽히는 것 같아서 기분이 이상하다.

"……."

"……."

"……."

"……."

"재밌어!"

"그래?"

"그래, 논리가 예리하고 트릭을 간파함으로써 구조가 반전되는 장치도 좋아."

"에헤헤."

"무엇보다도 읽는 게 괴롭지 않은 문장을 쓸 수 있는 게 대단해. 문장이 읽기 어렵다는 것만으로도 읽을 마음이 사라지는데, 미야의 문장은 오히려 더더욱 읽고 싶어지는 '술술 읽히는' 문장이야."

칭찬을 받아 버렸다. 자신이 쓴 소설은 자식 같은 것이라서 자신의 아이가 칭찬받은 것 같은 기분이다.

"다른 것도 보여줘."

그렇게 유우 오빠는 계속해서 읽어나갔다. 도중부터는 문제편만 읽게 하고 범인을 추리하는 범인 맞히기 게임을 했다.

"이야, 재밌었어. 근데 이렇게 되면 스스로도 써보고 싶어지네."

"좋네, 유우 오빠도 써봐."

유우 오빠가 쓴 추리소설, 나도 읽어보고 싶다.

"음~, 하지만 말이야, 지금까지 몇 번이나 쓰려고 했는데 이어지질 않아서……."

"그럼, 같이 쓰자."

"같이?"

"응, 둘이서 추리소설 쓰자."

"둘이서…… 그렇네, 퀸* 같아."

---

*엘러리 퀸. 미국의 추리 작가 프레데릭 대니와 맨프레드 리 두 사람의 공동 필명.

난 창작 노트를 테이블에 펼쳤다.

"유우 오빠는 어떤 게 좋아?"

"그렇네, 역시 난 저택물이려나. 수상한 저택에 사는 수수께끼의 일족, 이라던가."

"아~, 정석이네."

"트릭 아이디어는 많이 있어."

"트릭은 말이야, 그 트릭을 쓰기에 이르는 과정과 필연성이 중요하니까 저택물이라면 규모가 큰 트릭보다 논리를 중시하는 편이 좋으려나——."

둘이서 서로의 의견을 내고 조율해 나갔다.

"역시 탐정은 댄디한 중년 신사가 좋지."

"어? 아니 아니, 본격 미스터리의 탐정은 성격이 비뚤어진 30살 전후인 게 정석이지…… 그보다 등장인물에 대한 이야기는 나중에 해야 한다니깐."

"비운의 미소녀 히로인은 꼭 넣고 싶어."

"흠~, 그런 게 취향이구나."

"딱히 그런 건 아니라니깐."

비운의 미소녀라고 하면 왠지 아사카의 이미지와 가깝다는 느낌이 드는데, 설마.

"유우 오빠, 이 트릭은 좀 심하게 기발한 것 같은데."

"그래?"

"세계관에 안 맞는다고 해야 할까, 붕 떴어."

나와 유우 오빠가 생각하고 만들어내는 세계. 마치 두 사람의 정신이 어우러져 마음이 이어지는 듯한 시간이었다. 그건 둘의 아이 같은 존재라 할 수도 있는——.

행복하구나.

유우 오빠가 상경한 뒤부터 그 자취를 찾아 유우 오빠의 방에 눌러앉아 있는 사이에 추리소설을 발견해서 읽게 되었다. 쓸쓸함을 달래기 위해 유우 오빠의 방에 있던 추리소설을 다 읽었고, 그게 현재의 나와 유우 오빠를 밀접하게 연결시켜 주는 접점 중 하나가 되어줬다.

아직은 이렇게 그저 남매처럼 사이좋게 지내고 있을 뿐이지만, 난 막연하게 확신하는 게 있다.

그건——.

*

"유우 씨, 이제 농구하러 가자…… 응?"

언니의 방을 들여다봤다. 두 사람은 꼭 붙어서 잠들어 있었다. 테이블 위에는 노트와 메모 등이 어질러져 있었다. 공부라도 봐준 걸까.

언니는 기분 좋은 듯이 유우 씨의 어깨에 머리를 기대고 있었다.

"농구하고 싶었는데. 나중에 하면 되겠지."

어쩔 수 없지. 좀 더 자게 두자. 아직 오후 3시 전이다. 시간은 잔뜩 있다. 난 둘이 깨지 않도록 조용히 문을 닫았다.

3

아침의 공원.

"흐음, 타츠키는 테니스를 하고 있구나."

"맞아. 엄마랑 같이 테니스 학교에 다니고 있어. 우리 엄마는 대단하다고. 고등학교 때는 테니스부 에이스였고 전국대회까지 나갔으니까."

타츠키는 자랑스럽게 말했다. 구릿빛 피부에 땀방울이 맺혀 정말 건강해 보였다.

"그거 대단하네."

내 청춘은 거의 1회전 패배였지. 다른 부활동을 하는 동급생 중에는 전국대회에 출전한 녀석이 몇 명이나 있었지만, 남자 농구부는 첫 경기 패배의 단골이었다.

"야 메이, 이런 곳에서 자면 안 돼."

미소라는 메이의 어깨를 흔들었다.

"으헤에."

메이는 피곤한지 골 기둥에 기대서 꾸벅꾸벅 졸고 있었다.

"메이가 힘이 다 떨어진 것 같으니, 슬슬 집에 갈까."

"그렇네."

"음~."

"자, 가자."

미소라의 호령에 메이와 타츠키가 일어섰다.

"안녕~."

"바이바이."

"바이바~이."

"그래."

난 세 여자아이를 배웅하고 홀로 공원에 서 있었다.

요즘 라디오 체조를 끝낸 미소라 일행과 공원에서 합류해서 농구를 하는 게 아침 일과가 되었다. 아직 기온이 그렇게 오르지 않은 아침에 하는 운동은 몸이 적당히 풀려서 상쾌하다.

운동 부족 해소도 되고, 잠에서 깨서 나른한 몸을 깨울 수도 있어서 일석이조다.

"자 그럼."

시각은 오전 7시 반. 오늘은 가게가 쉬는 날이라 아직 시간에 여유가 있다. 이대로 이 주변 산책이라도 할까. 입구 옆에 있는 자판기에서 스포츠 드링크를 사서 목을 축였다.

"크하아."

운동으로 달아오른 몸에 차가운 스포츠 드링크가 스며들었다. 그리고 난 마음 가는 대로 발을 움직였다.

느긋하게 상점가를 걸어 그 너머에 있는 센겐 대사의 경내에 들어갔다. 그 무렵에는 태양도 제힘을 발휘하기 시작했는지, 아까까지의 상쾌한 아침 공기가 거짓말이었던 것처럼 푹푹 찌기 시작해서 도망칠 곳 없는 열기가 거리를 감쌌다.

자연스럽게 몸에서도 땀이 나기 시작했다.

하늘에는 구름 한 점 없어 푸르른 후지산이 잘 보였다. 경내의

광장에서는 아이들이 놀고 있었다. 옆으로 흐르는 칸다강의 물가에서 물놀이를 하는 그룹도 있어 여름다운 시원한 광경이었다.

조금 전에 산 스포츠 드링크는 이제 미지근해져 있었다. 남은 것을 한 번에 다 마셨다.

"후우, 더워라."

목에 난 땀을 티셔츠로 닦았다. 약 한 시간 정도의 산책으로 완전히 땀범벅이 돼버렸다. 수건을 가져올 걸 그랬다며 약간 반성을 했다.

난 물을 마시는 곳에서 추가로 수분을 보급하고 귀로에 올랐다.

"후우, 지쳤다."

드디어 집이 보이기 시작했다.

우선은 샤워를 해서 끈적이는 땀을 씻어낸 뒤 냉방이 되어 있는 거실에서 차가운 사이다를 마시자.

"어~이."

새가 우는 듯한 발랄한 목소리가 뒤에서 들려왔다. 뒤돌아보니 양산을 쓴 아사카가 달려오고 있었다.

"유우 오빠, 안녕하세요."

"안녕, 아사카."

조깅이라도 했어요? 땀이 엄청나요."

"아니, 잠깐 어슬렁거리면서 산책했더니 꽤 더워서."

"오늘은 30도가 넘는대요."

"진짜냐."

"그건 그렇고 유우 오빠, 어때요? 오늘의 저."

아사카는 날 올려다보며 물었다.

"어떻…… 냐니."

프릴이 달린 하얀 블라우스에 검은 미니 티어드 스커트. 블라우스는 민소매라서 가슴 부근이 빵빵하게 부풀어 있는 게 눈에 영 곤란했다.

"괘, 괜찮지 않아? 멋지고, 긴 머리카락도 예쁘고."

"우후후, 고마워요."

"그보다 더우니까 안에 들어가자."

인기척 없는 가게 안에 들어갔다. 아버지도 아머니도 아직 자고 있는 모양이다.

"그러고 보니 아사카, 밥은 먹었——"

"에잇."

아사카는 안에 들어가자마자 거리를 한 걸음 좁혀 안겨 왔다.

"야 야, 지금은 하지 마. 땀 엄청 흘려서 냄새 나잖아?"

아사카는 등에 손을 두르고 힘을 꼭 줬다. 정말이지, 이 녀석의 어리광 부리는 버릇은 언제 나을까.

"전혀요."

아사카가 내 목덜미에 얼굴을 가까이 댄 뒤—— 쯥, 하고 뭔가를 빠는 소리가 귀에 울렸다.

"무슨——"

그리고 쭈으으으읍, 하고 빨아들이는 듯한 소리가 새어 나왔다.

"푸하, 안 고약해요. 냄새 좋아요."

"너, 너, 지금 빨지 않았어?"

"글쎄요?"

아사카는 천연덕스러운 얼굴로 날 올려다봤다.

목에 남은 부드러운 입술의 감촉. 긴 흑발에서 꽃향기와 같은 달콤한 향기가 피어올라서 나는 아버지와 하나요시 씨가 스모를 하는 모습을 상상하며 흥분을 억눌렀다.

"유우 오빠도 빨래요?"

"뭐?"

아사카는 그렇게 말하고 목을 기울이고 머리카락을 손으로 올렸다.

목덜미가 드러났다. 하얗고 매끄러운 피부. 연하게 비치는 혈관. 귀와 얼굴이 이어지는 부분에 있는 작은 점.

"읏⋯⋯."

"괜찮아요, 자."

괘, 괜찮다니⋯⋯.

더위로 인해 바싹 말랐을 터인 입 안에 어째서인지 침이 넘쳐흘렀다.

"아무도 안 보고 있어요. 여기에 있는 건 우리 둘뿐이에요⋯⋯."

"아, 아니아니아니. 무슨 소릴 하는 거야."

여고생의 목덜미를 빨다니, 그런 짓을 해도 될 리가 없다.

아사카는 날 시험하듯이 눈을 감았다. 윤기가 흐르는 흑발과 선정적인 하얀 피부. 호흡과 함께 아사카의 풍만한 가슴이 흔들렸다.

군침을 꿀꺽 삼키고, 나는――.

"아아~, 잘 잤다."

그때 어머니의 태평한 목소리가 들려왔다. 잠시 뒤에 쿵쿵 하고 계단을 내려오는 소리가 울렸다. 우리는 서로 움찔 하고 어깨를 떨었다.

"어머, 아사카 와있었구나."

"안녕하세요, 아주머니."

"안녕. 흐아암, 지금 몇 시려나."

어머니는 크게 하품을 하면서 부엌 쪽으로 걸어갔다. 덜그럭 덜그럭 하고 식기가 스치는 소리가 들려왔다. 아침밥을 만드려는 거겠지.

"아쉽네요, 유우 오빠."

"뭐, 뭐가."

"우후후, 자, 샤워할 거죠?"

아사카에게 등을 떠밀려 난 2층으로 올라갔다.

＊

유우 오빠, 귀여웠어. 안절부절못하고, 얼굴을 새빨갛게 물들이고.

오빠는 내가 하고 싶은 대로 하게 해주고 있으니까 나도 유우 오빠가 하고 싶은 대로 하게 해주고 싶다. 왜냐하면 난 이미 유우 오빠의 것이니까.

내가 할 수 있는 일이라면 무엇이든…….

유우 오빠는 어떤 걸 좋아할까.

난 방에서 기다리면서 어떤 생각을 떠올렸다.

그래.

남자의 그런 기호를 알려면 평소에 어떤 걸 보는지를 살피는 게 제일!

유우 오빠도 남자인걸. 야한 책이나 야한 비디오 정도는 가지고 있을 것이다.

난 침대에서 내려와 그 아래를 들여다봤다.

"음~."

없네.

얇게 쌓인 먼지와 읽다 만 잡지 정도밖에 없다. 책상 서랍과 뒤에도 없다.

그렇다면, 저기인가?

난 옷장을 열었다.

부피가 큰 물건이니 그렇게 좁은 곳에는 숨기지 않을 것이다.

왠지 어릴 때 유우 오빠의 앨범을 찾을 때가 생각났다. 그때는 유우 오빠가 등에 숨기고 있었지. 지금 생각해보면 아이를 상대로 조금 치사한 수법을 썼다.

옷을 넣는 서랍 안쪽과 상자의 뒤편 등을 꼼꼼히 찾아봤지만 그럴싸한 물건은 찾지 못했다.

이쪽은 어떨까?

속옷이 보관돼있는 서랍을 열었다. 개켜진 트렁크가 빼곡하게 채워져 있었다. 유우 오빠는 트렁크파였구나. 그러고 보니 별장에서도 트렁크를 입고 있었다.

"스읍…… 하아."

없네.

"으으음."

이상하다.

이래저래 찾는 사이에 유우 오빠의 발소리가 들려와서 난 움직인 것을 원래대로 돌려놓고 침대 가장자리에 앉았다.

"기다렸지."

후후, 젖은 머리카락도 멋져.

"왜 그래? 아사카?"

"아뇨, 아무것도."

"뭐야, 왠지 기운이 없는데."

"유우 오빠, 실력이 좋아졌네요."

"응? 사이다 마실래?"

"……마실래요."

*

아사카는 몰랐다.

바로 눈앞, 침대 위에 방치된 스마트폰 속에 아사카가 찾는 아리츠키의 취향에 대한 모든 것이 가득 담겨있다는 것을.

기술의 발전과 함께 에로의 세계 또한 전자시대가 되었다. 아니, 기술이 에로와 함께 발전해왔다고 해도 과언이 아닐 것이다.

주위를 살피고 용기를 쥐어짜서 계산대에 올리던 야한 책도 지금은 전자 통신 판매 사이트에서 원터치로 사고 그대로 스마트폰에 다운로드할 수 있다.

부모의 눈이 닿지 않는 자기만 아는 숨기는 장소도 필요 없다.

그 시절의 고생과 로망을 아는 사람으로서 한 손으로 모든 것이 해결되는 지금의 시대는 약간 쓸쓸하다는 느낌도 들지만…….

어쨌든 이렇게 아리츠키의 취향은 지켜졌다.

4

"그건 그렇고 오늘은 더웠지. 매년 생각하는데, 아사카는 머리가 그렇게 긴데 안 더워?"

난 옆을 걷는 아사카를 봤다. 윤기 있는 흑발은 햇빛을 받아 천사의 고리를 만들고 있었다.

"덥지만 자르는 건 아까워서."

오늘은 오전에 부활동 연습이 있었다. 오후부터는 아사카와 점심식사를 겸한 쇼핑을 하고 각자의 집에 들러 짐을 둔 뒤 〈문 나이트 테라스〉로 가고 있다.

"뭐, 옛날부터 계속 길렀으니."

"그리고 유우 오빠, 긴 머리가 예쁘다고 말해줬으니까……."

아사카는 그렇게 말하고 미소 지었다.

"흐음~."

설마, 싫지만.

"있잖아, 아사카는——"

"응?"

"아, 됐어, 아무것도 아냐."

"그래. 반대로 물어보는 건데, 마히루는 머리카락 안 길러?"

"나? 나는 그 왜, 길면 배구할 때 방해되니까."

태어나고 17년 동안 짧은 머리 이외의 헤어스타일을 한 적이 없다.

"잘 어울릴 텐데."

"됐어, 손질 같은 거 귀찮을 건데."

이윽고 우리는 목적지인 〈문 나이트 테라스〉에 도착했다. 그렇다고는 해도 오늘은 임시휴업일. 바깥의 테라스석에서 유우 오빠가 빈둥거리면서 기다리고 있었다.

"오오, 얘들아."

"유우 오빠."

아사카가 달려가서 유우 오빠의 팔에 매달렸다. 정말이지, 언제까지나 아이라니깐.

"야 아사카, 덥잖아."

"에헤헤."

입으로는 불평하면서도 딱히 떼어내지는 않았다. 유우 오빠는 옛날부터 아사카에게는 무르단 말이지~. 지나가는 사람이 있는데도 저렇게 감정이 이끄는 대로 행동할 수 있는 아사카가 조금 부럽다.

"유우 오빠, 기다렸어?"

"아니, 나도 지금 막 왔어······ 가 아니라 여긴 내 집이잖아."

"혼자 무슨 소리 하는 거야."

시각은 오후 3시 반.

"아저씨랑 아주머니는?"

아사카가 물었다.

"둘은 이미 동네 사람들이랑 갔어."

"유우 오빠도 참가하면 좋았을 텐데."

"난 됐어. 사람들 앞에 나서는 건 안 좋아해. 그리고 매일 연습하는 것도 지치고. 어른이 되면 이런 건 관객으로서 외부에서 보는 게 더 재밌어. 근데 용케 미야가 참가했네."

"아~, 담임선생님이 추억을 만든다면서 반 명의로 등록했대."

"······재난이네."

"유우 오빠, 빨리 가요. 시작하겠어요."

"그렇네."

아사카는 유우 오빠와 팔짱을 낀 채로 걷기 시작했다.

"좋아, 가볼까, 미야오도리."

＊

센겐 대사 앞에 있는 번화가를 많은 사람들이 메우고 있었다. 머리띠로 머리를 동여매거나 화려하게 머리를 올리거나 축제 화장을 하는 등, 사람들은 각자의 방식으로 의욕을 표현했다.

오늘 8월 6일은 '미야오도리'가 개최된다.

매년 8월 첫째 주 일요일에 개최되는 춤 축제이며, 이 마을의 시제(市制) 시행 50주년을 기념해서 1992년에 시작됐다고 한다. 저명한 안무가가 안무를 만든 두 개의 곡을 중심으로 사람들이 한나절 가까이 춤추는 여름의 일대 이벤트다. 초등학교와 중학교의 학생과 지역 기업, 각 동네의 주민 모임 등, 남녀노소 따지지 않고 많은 시민이 참가한다. 나도 어렸을 때는 동네 그룹에 들어가 참가했었다. 당일에 대비해서 매일 2시간 정도 근처의 공원에서 연습을 했지.

시작은 오후 4시부터이며 먼저 초등학생과 중학생부터 시작한다. 학교별로 모인 아이들이 상점가의 큰길에 행렬을 이루고 있었다.

"어디 보자, ──초등학교는 저쪽."

마히루가 팸플릿을 손에 들고 도보를 나아갔다. 구경꾼을 헤쳐나가면서 그 등을 쫓았다. 우선은 미소라 일행을 응원하러 가는 것이다. 이윽고 인파 속에서 미야를 찾았다.

"아, 다들 안녕."

미야는 긴 갈색 머리카락을 위로 고정해 올림머리를 만들고 빨간색과 하얀색이 들어간 머리띠를 하고 있었다. 눈가에는 빨간 줄이 그어져 있어 오기가 느껴진다는 인상을 받았다. 등에 '祭' 글자가 큼지막하게 인쇄된 핫피를 입고 있었다.

"너…… 의욕 넘치네."

"아니라니깐, 난 안 나가고 싶었거든. 이건 엄마가 억지로."

미야는 얼굴을 새빨갛게 물들이고 허둥댔다.

"선생님이 멋대로 신청해버려서……."

"어~이."

도로 쪽에서 목소리가 들렸다. 보니까 핫피 차림의 미소라와 타츠키, 그리고 메이였다. 아이들도 축제 화장을 하고 축제용 민소매 옷에 통이 좁은 바지를 입어 축제의 정석 스타일로 차려입고 있었다.

"오~, 멋지네."

마히루는 쭈그리고 앉아 아이들과 눈높이를 맞추고 말했다.

미소라는 쑥스러운 듯이 볼을 긁었다.

"오늘로 드디어 연습의 나날과 작별이야."

"열심히 해."

건너편 도보에는 탓쨩, 하루야마 타이치와 미쿠 씨의 모습이 있었다. 탓쨩은 카메라를 들고 있었고, 미쿠 씨는 미야와 똑같이 축제 의상을 입고 있었다. 우리가 있다는 걸 알아차렸는지 둘은 손을 흔들었다.

4시가 되어 축제가 시작되었다.

우리는 도보에서 춤을 구경하기로 했다. 이윽고 그리운 인트로가 나오기 시작했다. 오후의 강한 햇빛을 받으면서 춤추는 아이들. '랏세랏세' 구호가 여름 하늘에 울렸다. 쑥스러움을 숨길 수 없는지 어딘지 움직임이 어색한 아이도 있었다.

흐뭇하면서도 그리운 광경이다.

미소라 일행이 있는 초등학교 그룹은 이미 안쪽 거리까지 가 있었다. 우리는 센겐 대사의 주차장 앞에 자리 잡기로 했다. 노점이 늘어서 있고 화장실도 있어서 여기가 제일 좋다.

넷이서 빙수를 먹으면서 춤을 구경했다.

"맞다, 유우 오빠, 닭꼬치 먹을래? 저기 있어."

"먹을래."

"사 올게."

마히루가 포장마차로 가서 종종걸음으로 닭꼬치를 사 왔다. 그래 맞다. 축제 날의 닭꼬치는 내가 아주 좋아하는 것이다.

"전부 소스 바른 건데 괜찮아?"

"그래, 고마워. 자, 돈. 잔돈은 필요 없어."

"됐어, 항상 이것저것 얻어먹고 있으니까."

"됐으니까 넣어둬."

마히루에게 천 엔권 두 장을 떠밀었다.

"좋겠다, 나도 먹고 싶어."

미야가 배에 손을 댔다.

"의상이 더러워지니까, 자."

난 닭꼬치를 들어 미야의 입가로 옮겼다.

"오물오물…… 맛있다~."

"유우 오빠, 저도."

아사카가 입을 벌렸다.

"너희들, 이제 고등학생이잖아."

아사카의 입에도 닭꼬치를 갖다 댔다. 오른손에 미야, 왼손에 아사카의 꼬치를 들고 있는 상태면 내가 못 먹게 되는데…….

"유우 오빠, 아~."

마히루가 내 상황을 헤아려줬는지 닭꼬치를 들어 입으로 옮겨 줬다.

"맛있어!"

하지만 좀 부끄럽다.

"슬슬 미야 차례인가."

아이들 부문은 1시간 정도로 끝났고, 휴식을 하고 드디어 메인인 어른들도 함께하는 밤 부문이다.

미야는 전반은 고등학교 반 그룹, 그리고 후반은 동네 그룹에 참가한다고 한다.

"그럼 나중에 봐."

미야와 헤어지고 우리는 동네 그룹이 있는 곳으로 향했다.

아버지와 어머니, 미쿠 씨 등, 잘 아는 어른들이 모여 있었다. 미소라 일행의 모습도 보였는데, 이미 한바탕 춤을 춰서인지 지친 기색이었다.

그들은 마실 것과 과자 등이 잔뜩 실린 리어카를 에워싸고 먹고 마시면서 시작을 기다리고 있었다. 이미 맥주를 들이켜고 있는 사람——어머니 포함——도 여기저기에 있어서 완전히 축제 분위기다. 그건 그렇고 이런 이벤트는 아이보다 어른이 더 열심히 하는 건 왜일까.

"아~, 힘들어. 벌써 녹초가 됐는데."

미소라는 축 늘어져 캔 주스를 마시고 있었다. 땀 때문에 앞머리가 달라붙은 상태다. 그 옆에서 타츠키와 메이가 모바일 게임을 하며 심심함을 달래고 있었다.

"핫핫하, 수고했어."

"수고했어~. 이제 집에 가고 싶어~. 목욕하고 싶어~."

스케줄은 아직 반도 소화하지 못했다. 미야오도리는 오후 8시까지 하니까.

"그러고 보니 타츠키, 어머니는?"

마히루가 주위를 두리번두리번 둘러보고 물었다.

"음~, 엄마, 올해는 회사 그룹 쪽에 먼저 나간대."

"아, 그렇구나."

마히루와 타츠키의 어머니는 아는 사이인 모양이다. 인간관계라는 건 의외의 부분에서 이어져 있으니 말이지.

오후 5시가 넘어가자 미야오도리의 본 행사가 시작됐다.

"유우 오빠, 미야네 반은 저기서 한대요."

"응원하러 가자."

"그렇네, 갈까."

동네 그룹을 떠나 미야네 반의 춤을 견학하러 갔다.

"아, 찾았다."

미야 녀석, 불평을 늘어놓은 것 치고는 즐겁게 춤추고 있네. 박자를 별로 못 타서 제일 못하지만. 우리의 시선을 알아차렸는지 미야는 한순간 쑥스러운 듯이 아래를 봤지만, 금방 몸을 돌리고 윙크했다.

서쪽 하늘로 해가 저물어간다. 하늘의 파랑은 점점 진해져 주위에 땅거미가 내렸지만 거리를 감싼 열기와 활기는 사그라들지 않았다.

후반이 되어 미야가 동네 그룹에 합류했다.

"미야, 봤다고. 너한테는 리듬감이라는 게 없는 거냐?"

"시, 시끄러. 나도 열심히 하고 있다고~."

"알았어 알았어, 미안해."

"정말."

하늘은 완전히 어두워져 별이 반짝이고 있었다. 어느샌가 우리도 동네 그룹에 즉흥적으로 참가했고, 난 오랜만에 추는 미야 오도리에 동심으로 돌아가 있었다.

"어라?"

그때 누가 어깨를 톡톡 두드렸다.

"응?"

뒤돌아보니, 거기에는 정신이 번쩍 들 정도의 미녀가. 전체적으로 선이 가늘고, 검은 머리카락을 묶어서 어깨에 늘어뜨리고 있었다.

"역시 아리츠키구나?"

"네?"

누구지?

이런 미인이 내가 아는 사람 중에 있었나? 보아하니 내 또래인 것 같은데……

"기억 안 나? 나야 나."

"저기, 죄송합니다."

그렇게 말하면서 난 뇌를 풀가동했다. 들은 적 있는 목소리고, 그녀도 나를 알고 있는 것 같다. 건강하게 햇볕에 탄 테니스

소녀의 모습이 눈앞의 미녀와 겹쳐졌다.

"앗!!"

"오오, 기억났어?"

"너, 시모무라야?"

"정답!"

"시, 시모무라냐."

"아하하, 오랜만이네."

히카리는 어깨에 걸친 머리카락을 매만지면서 온화한 웃음을 지었다.

시모무라 히카리.

살고 있는 지역도 같고 초중고 모두 같은 학교를 다닌 사이지만, 같은 반이 된 건 고등학교 2학년 때와 3학년 때뿐이다. 그때까지는 아는 사이이긴 하지만 그다지 이야기해본 적은 없는 그런 사이였다.

테니스부의 에이스이자 반의 마돈나라는 교내 계급 최상위의 존재이며, 그 이름대로 주위에 빛을 뿌리는 밝은 아이였다.

"진짜 오랜만이네, 졸업하고 처음이지."

"그렇지."

학생 때는 햇볕에 탔던 피부도 지금은 하얘져서 차분한 분위기를 내고 있었다. 연한 화장이 요염한 데다 귀에는 금으로 된 귀고리가 반짝였다. 기억 속의 동급생은 완전히 어른 여자로 성장해 있던 것이다. 몸에는 시모무라 건설이라는 글자가 들어간 핫피를 걸쳤고, 머리에는 빨간색과 하얀색 끈을 꼬아 만든 머리띠가 있었다.

"3월에 돌아왔다면서."

"알고 있었어?"

"가끔 모임에서 사야카 씨를 만나서 이야기를 들어."

"아, 그렇구나."

말투도 차분해서 마치 다른 사람과 대화하고 있는 것 같았다.

"아아, 맞다 맞다. 항상 고마워."

"어? 뭐가."

"신세를 지고 있는 것 같아서."

무슨 소릴 하고 있는 건지 전혀 모르겠다.

"그러니까 뭐가──"

그때 타츠키가 와서 히카리에게 안겼다. 검은 포니테일이 작게 흔들렸다.

"**마마**, 늦어~."

"미안 미안."

타츠키는 어리둥절한 표정을 보였는데, 분명 나도 그러고 있을 것이다.

엄마가 늦다니 무슨 뜻이지?

엄마의 귀가가 늦는 건가?

약속 시간에 늦는 건가?

"어라? 마마랑 유우 씨, 아는 사이야~?"

"엄마랑 같은 학교 다녔어."

"와아, 그렇구나~."

"엄, 마?"

엄, 마.

엄마.

엄마?

"시, 시모무라, 설마…… 타츠키는……."

머리를 세게 얻어맞은 듯한 충격을 받았다. 정수리부터 발바닥에 걸쳐서 전류가 흘렀다.

"내 애야."

……진짜냐.

5

축제에 뒤풀이는 항상 따라다니는 법이다.

우리 구 회관의 한 방에서는 동네 사람들이 모여 미야오도리의 뒤풀이를 하고 있었다. 테이블 위에는 주문한 도시락과 반찬, 술안주 등이 차려져 있어서, 어른들은 그걸 곁들이며 캔맥주를 마셨다.

아이들은 지루해할 줄 알았는데 그렇지 않았다. 좀처럼 들어갈 기회가 없는 구 회관을 탐험하거나 어른들 사이에 끼어서 배를 채우거나 사이좋은 아이들끼리 게임을 하는 등 각자의 방법으로 이 자리를 즐기고 있었다.

"왜 10년 동안이나 안 온 거야? 동창회에도 안 오고."

"가고 싶어도 못 갔다니깐. 한 달에 이틀 쉬면 괜찮은 편인 특

급 악덕 기업이라서 말이야——.”

동창회가 있었나. 아, 뭐, 보통은 있겠지.

“타츠키, 잠깐 이리 와~.”

가볍게 취한 히카리가 딸을 불렀다. 미소라 일행과 놀던 타츠키는 귀찮다는 듯이 다가왔다.

“왜, 마마.”

모녀가 나란히 앉았다. 과연, 밝은 곳에서 비교해 보니 확실히 둘은 많이 닮았다. 타츠키에겐 고등학교 시절의 히카리의 모습이 있다.

“유우 오빠, 타츠키가 히카리 씨의 딸이라는 걸 모르고 놀았던 거야?”

마히루가 기가 막힌다는 듯이 말하고 콜라를 마셨다.

“아니 그치만, 아무도 그런 말 안 했잖아.”

“성이 똑같잖아”라고 말하는 미야.

“하지만 시모무라는 그렇게 드문 성도 아니라서 설마 딸일 줄은⋯⋯.”

아니 잠깐만? 미소라의 동급생이니까, 타츠키는 초등학교 3학년 9살. 나랑 히카리는 올해로 29살이니까 고등학교를 졸업한 해에 임신해서 20살에 낳은 건가.

히카리는 타츠키를 무릎 위에 앉혔다.

“마마, 진짜 유우 씨랑 같은 학교였어?”

“맞아.”

“어땠어~?”

"그렇네, 지금이랑 별 차이 없으려나."

"흠~."

"그래 맞다, 우리 메구미는 고등학교 때 아리츠키 군이 데려 왔어."

"에~! 그래?!"

보면 볼수록 많이 닮았다. 딸이라는 말을 들을 때까지는 못 알아차렸지만, 한 번 알고 나니까 노골적일 정도로 똑 닮았잖아.

"있잖아, 이제 가도 돼?"

타츠키가 아이들 그룹에 돌아갔다.

"남편분은 내가 아는 사람이야?"

"......!"

그렇게 물어보자 자리가 한순간에 얼어붙은 것처럼 조용해졌다.

"유, 유우 오빠, 그건 그다지 물어보지 않는 편이 좋아."

미야가 떨리는 목소리로 말했다.

"뭐어? 왜?"

"됐어, 이젠 옛날 일이니까. 남편은 없어. 타츠키를 낳자마자 헤어졌어."

히카리는 아무렇지도 않게 말했다.

"그, 그렇구나."

이거 영 좋지 않은 걸 물어보고 말았다. 히카리는 싱글맘인가.

"진짜 그 남자는 쓰레기에 보잘것없어서."

히카리는 맥주를 벌컥벌컥 들이켜고 옆에 있던 미야의 어깨에 팔을 둘렀다.

"히, 히익."

"미야도 그런 남자한테 잡히면 안 돼. 인생 선배로서 가르쳐 줄게."

"그, 그 이야기는 이미 50번 정도 들었는데요…… 우와아아 아, 살려줘어."

그렇게 히카리는 미야를 질질 끌고 술과 안주가 풍부하게 남 아있는 자리로 이동했다.

"히카리 씨 앞에서 남편 이야기는 금지야. 특히 이런 술자리 에서는. 이번엔 미야가 희생양이 됐나."

마히루는 무서운 것을 보듯이 말했다.

"유우 오빠, 더 마실 거예요?"

"어어."

옆에 앉아 있던 아사카가 맥주를 따라줬다. 그걸 단숨에 들이 켰다.

"으으."

어지러워지기 시작했다.

"괜찮아? 너무 많이 마시지 마."

마히루가 내 얼굴을 들여다봤다.

"잠깐 밖에서 바람 쐬고 올게."

밤바람을 맞아 달아오른 몸을 식혔다. 축제의 여운이 거리에 남아있다. 센겐 대사 방향을 보니, 아직 약간 밝았고 피리와 북 소리가 어렴풋이 들려왔다.

"후우."

아직 머리가 혼란스럽다.

"아이, 라."

그야 그렇겠지. 벌써 30이 코앞인 나이다. 아이가 있어도 이상하지 않을 나이. 결혼하고, 아이를 낳고, 키우고…….

그런 건 자신과는 아직 연이 없다고 생각하고 있었다.

히카리에게 아이가 있다는 사실에 놀랐는데, 더 놀라운 건 내가 그 사실에 충격을 받았다는 것이다. 딱히 히카리에게 호감이 있었던 건 아니다. 사람으로서는 좋아하지만 여성, 이성으로서 좋아했던 건 아니다. 그런데 왜 이렇게 충격을 받은 것인가…….

뭐랄까, **자신과 함께 어린 시절과 청춘을 보낸 사람**이 이제는 부모로서 다음 세대를 지켜보는 입장에 있다는 사실에 충격을 받은 것이다.

내가 도쿄에서 심신 모두 피폐해지기만 하고 아무것도 얻지 못한 10년 동안, 히카리는 아이를 낳고 어머니로서 타츠키를 키워온 건가.

그에 비해 난 아직도 여자 친구가 한 번도 생긴 적이 없다. 인생 경험에서 차이가 확연하다는 사실을 눈앞에 들이미는 듯한 기분이 들었다.

"하아."

나도 언젠가 누군가와 결혼하고, 아이를 낳고, 이 마을에서 키우게 될까. 그런 상상을 해봤지만, 아무래도 현실성이 없었다. 어른이긴 하지만, 진정한 의미로 어른이 되지 못했다.

연애 경험의 유무일까.

지금은 미야, 마히루, 아사카와 시끌벅적하게 지내는 게 즐겁지만, 그 녀석들도 언젠가 각자 사랑을 하고 어른이 되어서 내 곁을 떠나가겠지.

그렇게 생각하니 가슴속이 욱신욱신 아팠다.

안으로 돌아가자 미야가 다가왔다.

"유우 오빠."

"이야기는 끝났어?"

"아줌마가 끼어들어서 그 틈에 어떻게든 빠져나왔어. 히카리 씨의 그 이야기는 정말 길고 어둡고 무거워서 마음이 침울해지는걸."

어머니와 히카리가 술을 마시면서 뭔가 열성적으로 이야기하고 있었다.

"유우 오빠는 말이야."

"엉?"

미야는 진지한 표정으로 말했다.

"혹시…… 히카리 씨를 좋아했어?"

"뭐어?"

"아니, 왠지 충격을 받은 것 같아서."

"그럴 리가 없잖아. 자기랑 같은 세대인 녀석한테 벌써 아이가 있다는 사실이 뭔가 충격적이었을 뿐이야."

"그, 그렇구나."

미야는 웃음을 띠었다.

그날의 뒤풀이는 오후 11시까지 이어졌다.

건방진 꼬맹이는 캐고 싶어

1

"자, 여러분 한 줄로 서세요. 하얀 선에서 나오지 않게."

"네~."

개미의 행렬처럼 한 줄로 서서 도보를 걷는 1학년들. 빨간색과 하얀색 모자를 쓰고 체육복을 입은 채 발에는 지참한 장화를 신고 있었다. 등에 멘 배낭에는 도시락과 목장갑, 수건 등이 들어 있기에 이미 지친 얼굴을 한 학생도 여기저기 보였다.

"마히루, 아사카, 누가 제일 많이 캐는지 승부하자!"

"미야, 의욕이 넘치네."

"난 고구마 엄청 좋아하거든."

"난 오늘을 위해 아침밥을 잔뜩 먹고 왔다고."

마히루는 막대기 같은 팔로 알통을 만들어 보였다. 전혀 없지만.

"많이 캐면 유우 오빠한테도 나눠주자."

"좋네."

"그러자."

활짝 갠 10월 하순, 이날은 학생들이 기다리고 기다리던 고구마 캐기를 하는 날이다.

미야 일행이 가고 있는 곳은 초등학교에서 걸어서 10분 정도 거리에 있는 밭. 봄 무렵에 심은 고구마가 수확 철을 맞는 가을 중반에 1학년의 소풍을 겸한 고구마 캐기 대회를 여는 게 연례 행사였다.

"앞에서 차가 왔어, 다들 스톱."

겨우 10분 거리라 해도 100명 가까운 저학년 학생과 함께하는 이동은 위험을 동반한다. 선생님에게도 힘든 하루다.

이윽고 일행은 밭에 도착했다.

인솔 교사의 지시를 따라 반별로 정렬. 그리고 밭 관리인에게 고구마를 캐는 법과 주의사항 등의 설명을 들었다.

"팍팍 캐면 안 돼요. 고구마가 맞으면 상처를 입어서 맛없어지니까요. 살살, 가능하면 손으로 캐는 게 좋죠. 손을 두더지 손처럼 만들어서 흙을 바깥쪽부터 조금씩 파주세요. 고구마가 보이면 자세를 푹 낮추고 잡아당깁시다."

"네~."

그리고 드디어 밭으로.

목장갑을 끼고 양동이를 들고 반별로 배정된 장소로 향했다. 쭉 뻗은 이랑 앞에 쭈그려 앉았다.

"두더지 손, 두더지 손."

아사카는 흙을 살살 파헤쳤지만 고구마는 좀처럼 보이지 않았다.

"이얍."

마히루가 손가락을 꼿꼿이 펴서 힘껏 때려 박았다.

"마, 마히루, 아저씨가 부드럽게 하라고 했어."

"아사카, 오냐오냐 하면 안 돼. 부드러운 건 고구마의 식감만으로도 충분해. 으럇."

"괜찮을까."

그렇다고는 해도 초등학교 1학년 여자아이의 완력. 평범하게 파내는 것과 큰 차이가 없었다.

"으랴 으랴 으랴."

아이들의 무릎과 허벅지가 흙으로 더러워져 갔다.

"앗" 하고 미야가 외쳤다.

"고구마인가?"

미야는 새끼손가락 정도 크기의 꿈틀거리는 하얀 생물을 집어 들었다.

"헤헤, 무슨 유충이 있어."

"우와아."

"꺄악."

"그렇게 안 무서워해도 되는데."

고구마 캐기를 시작한 지 5분 정도 경과하자 고구마를 캐내는 아이들이 나오기 시작했다.

"찾았다~."

"아자~."

"영차."

"크다~."

"우리도 질 수 없지…… 오."

이윽고 마히루는 손끝에 감촉을 느꼈다.

"오오, 오오."

"마히루, 그거 고구마 아냐?"

"해냈네."

적자색 돌기가 흙 속에서 나타났다. 셋이서 신중하게 그 주위의 흙을 파 나가다, 노출된 부분이 커지자 마히루는 자세를 낮추고 힘을 줬다.

"끄, 어어어."

"마히루, 힘내."

하나가 쑥 빠지자 그걸 따라서 같은 줄기에 달린 고구마가 쑥쑥 뽑혔다. 마히루는 힘을 주체하지 못해 뒤에 있는 이랑에 엉덩방아를 찧고 말았다.

"아야야, 오, 세 개나 캤어."

사이즈는 좀 작지만 그 달성감은 컸다.

"대단해, 마히루."

"난 더 큰 거 캘 거야."

"나도 힘낼 거야."

그렇게 건방진 꼬맹이들은 고구마를 캐내 갔다.

끝부분이 가느다란 것, 혹이 달린 일그러진 것, 타원형으로 둥그스름한 것 등등, 다양한 형태의 고구마가 양동이를 채워나갔다.

"우와, 뭐야 이거, 전혀 안 뽑혀."

미야가 소리를 질렀다. 노출된 부분을 양손으로 잡고 혼신의 힘을 다해 잡아당겼지만, 꼭 땅 자체를 잡아당기고 있는 듯한 느낌이었다.

"아사카, 도와주자."

"응!"

미야의 허리를 마히루가 잡아당기고, 마히루의 허리를 아사카가 잡아당겼다. 동화 '커다란 순무'처럼 셋이서 힘을 합치길 수십 초.

"우와."

드디어 고구마는 흙에서 뽑혔고, 셋은 도미노처럼 밭에 넘어졌다.

"엄청나다~."

캐낸 것은 미야의 얼굴보다 길고 팔뚝보다 두꺼운 구부러진 적자색 고구마. 틀림없이 오늘 캔 것 중 가장 큰 것이었다.

"크, 크다."

"엄청 커."

"이거 봐, 내 얼굴보다 커."

미야는 거대 고구마를 얼굴에 가까이 댔다.

"이거 유우 오빠한테 보여주면 깜짝 놀라겠지."

"미야, 나도 들게 해줘."

"좋아."

"무, 무거워."

"아사카, 다음은 나."

이렇게 즐겁게 고구마를 캔 학생들은 점심시간에 고구마를 넣은 된장국을 도시락과 함께 먹었고 오후에는 가까운 공원에서 놀았다.

2

"어머나~, 대단하네."

사야카는 테이블에 늘어 놓인 고구마를 보고 감탄해서 소리쳤다. 캐낸 고구마는 학생이 가져갈 수 있어서 일부를 〈문 나이트 테라스〉에 나눠주러 온 것이다.

"다 같이 캔 거야?"

""""응.""""

"힘들지. 주스랑 과자 먹고 체력 회복하고 가."

"아, 그렇지, 아줌마, 이 고구마는 있지, 아직 요리하면 안 돼. 숙성시켜야 한다고 했어."

미야는 어렴풋하게 기억하고 있는 주의사항을 전달했다.

그렇다, 고구마는 수확 후, 일정 온도와 습도에서 묵혀서 숙성시킴으로써 전분이 당화되어 단맛이 나게 되는 것이다. 사야카는 그런 건 이미 다 알고 있지만 꼬맹이들의 체면을 세워줘서 처음 듣는 척을 했다.

"와아, 그렇구나. 그럼 단맛이 나게 되는 건 좀 더 나중이구나."

"뭐야 너희들, 뭘 떠들고 있는 거야."

""""유우 오빠.""""

마침 아리츠키가 귀가했다.

"뭐야, 고구마냐."

아리츠키는 테이블 위에 놓인 고구마를 언뜻 봤다. 남자 고등학생에게 고구마란 매력이 조금도 느껴지지 않는 물건이다.

"우리가 캤어."

"대단하지."

"유우 오빠한테도 줄게요."

"……아~, 대단해 대단해, 땡큐. 그래서 너네 그렇게 흙투성이인 건가."

그렇게 말하고 짐을 두러 2층으로 향하는 아리츠키. 고구마로는 기분이 그다지 들뜨지 않는다.

"후후후, 이건 더 대단하다고."

미야는 큰 고구마를 들고 아리츠키를 쫓아갔다.

비극은 세 개의 불행에 의해 일어났다.

하나는 거대 고구마가 무거워서 균형이 무너진 것.

또 하나는 허리를 굽히고 고구마를 캐서 의외로 하반신에 피로가 쌓였던 것.

그리고——.

"우와앗."

균형을 잃고 앞으로 쓰러지는 미야. 그 앞에서 기다리고 있는 것은 아리츠키의 둔부. 손에 든 거대 고구마가 이끌리듯이 꽂혔다.

또 하나는 위치관계였다.

푹.

남자 고등학생의 하반신과 초등학교 1학년 여자아이의 눈높이가 일으킨 비극.

"크아아아아아아아아아아아아."

아리츠키의 포효가 가게 안에 울렸다.

건방진 꼬맹이는 나오지 않아

1

후지산을 우회하면서 국도 139호선을 타고 야마나시 방면으로 나아갔다. 이 부근은 고원이 펼쳐져 있어서 목장과 캠핑장 등 아웃도어 레저 시설이 잘 갖춰져 있다.

"좀 있으면 도착하겠네."

"너무 빨리 도착해도 좀 그런데."

아버지의 차는 정말 잘 흔들린다. 속이 좀 안 좋아지기 시작했다. 바깥 경치라도 보자.

서쪽에 줄지어 선 산들을 보면 하늘을 미끄러지는 패러글라이더 무리. 동쪽에는 후지산이. 이 방향에서 보는 후지산에는 세로로 갈라진 듯한 흔적이 있다. 이건 오오사와쿠즈레라고 하는, 침식작용으로 인해 오랜 세월을 거쳐 생긴 깊은 골짜기다. 정상에서 도려낸 것처럼 곧게 파인 골짜기는 지금도 침식이 조금씩 진행되고 있다고 한다.

보는 각도에 따라 그 정취도 달라지는 게 후지산의 재밌는 점이며 후지산을 가까이에서 볼 수 있는 이 마을의 특권이다.

오늘은 마을의 북서부에 있는 외가에 가고 있었다. 증조할아버지의 십삼회기*다.

증조할아버지는 내가 유치원에 다닐 때 돌아가셔서 장례식에도 참석한 기억이 있다. 하지만 기억하고 있는 건 그뿐이며 솔직히 어떤 얼굴이었는지도 애매하다. 증조할아버지가 살아계셨을 때 잘 놀아주셨다고 하지만, 철들기 전의 일이라 이것도 기억이 안 난다. 유치원 시절의 기억은 그런 것일 것이다.

유일하게 선명하게 기억하고 있는 것은 화장장에서 뼈가 된 증조할아버지를 보고 울부짖었던 것뿐.

숲속의 길로 꺾어 길을 따라 나아갔다. 잠시 후, 순수 일본풍 저택이 보이기 시작했다. 오봉 때 친척끼리 모인 이후로 처음이다. 이미 위아래로 검은 옷을 입은 친척이 바깥에 듬성듬성 있었다.

"오오, 유우 많이 컸구나."

"안녕하세요…… 아니, 오봉 때 만났잖아요."

같은 마을에 살고 있는데 1년에 몇 번 만날까 말까 한 관계다. 그런데 끊을래야 끊을 수 없는 인연으로 연결되어 있으니 친척은 신기하다.

───────────

*고인의 만 12년째 기일에 행해지는 제사.

할머니가 맞이해줬다. 흰머리가 섞인 짧은 머리에 도수 높은 돋보기안경을 끼고 있었다.

"어서 오너라."

"다녀왔어요~."

친정이라 그런지 어머니가 조금 들떠있었다.

색이 바랜 다다미, 칙칙한 장지에 까슬까슬한 모래벽. 마루가 깔린 복도는 걸으면 가끔씩 삐걱이는 소리가 났다. 벽 위에는 선조의 사진이 장식되어 있고 시대에 뒤처진 오래된 냄새로 차 있지만, 결코 불쾌하진 않았다. 거기에 향냄새가 섞여 뭐라 형언할 수 없는 기분이 들었다. 점심 전이 되어 친척들이 잇달아 모이기 시작했다.

넓은 방을 채우는 사람, 사람, 사람. 그건 그렇고 많네. 대충 보기만 해도 40명 이상은 있다. 아는 얼굴도 있긴 하지만, 개중에는 처음 보는 게 아닌가 하는 생각이 드는 사람도 있었다.

"어머나, 유우 멋진 남자가 됐네."

"하하, 고맙습니다."

풍채 좋은 중년 여성이 말을 걸어왔다. 이 사람은 어머니의 동생── 즉 이모다. 먼 곳에 살고 있어서 만나는 건 몇 년 만이었다.

"여자 친구는 있고?"

"네? 아, 아뇨."

"당연히 있겠지. 콧대가 오뚝해서 멋진걸. 엄마를 똑 닮았어."

"아하하."

이모는 하고 싶은 말은 다 하고 다른 사람이 있는 곳으로 갔다.

고인을 추모한다는 분위기는 그다지 느껴지지 않았다. 오히려 오랜만의 재회를 기뻐하거나 근황을 이야기하는 등, 동창회 같은 분위기였다.

뭐, 타인이 아니니까 마음 편하게 있자. 나이가 비슷한──비슷하다고 해도 성인이지만──사촌 형을 찾아서 어린 시절의 추억 이야기로 이야기꽃을 피웠다.

"증조할아버지가 너 자주 울렸었지. 기억나냐?"

사촌 형은 올백으로 넘긴 긴 머리카락을 매만지면서 말했다.

"아니 전혀."

"이 집 2층에서 귀신의 집 놀이를 했는데, 뒤에서 잡혀서 큰 소리로 울었다고."

"그러고 보니 그런 일도 있었던 것 같기도 하고."

"그래 그래, 슌 씨는 왔어?"

"왔어."

"차를 바꿔서 이것저것 배우려고. 역시 86은 튜닝이 필수인 차니까."

"아, 그렇구나."

차 이야기는 잘 모른다. 그러는 동안 스님이 도착했다.

2

어쩌면 제사의 진짜 목적은 이것일지도 모른다.

술기운이 섞인 웃음소리에 휩싸인 큰 방. 스님의 독경과 분향을 빠르게 끝내고 일동은 큰 방에 모였다. 탁상에 차려진 호화로운 요리에 빈 병의 산. 얼굴이 빨개진 사람들이 큰 소리로 실없는 이야기를 했다. 골치 아프게도 외가 친척은 술고래 집단이다. 술이 약한 아버지는 순식간에 격파당하고 말았다.

"오오, 유우. 마시고 있냐?"

"아뇨, 전 고등학생이라서."

할아버지의 동생—— 작은할아버지가 말을 걸어왔다.

"멍청아. 우리 시대에는 중학교 때부터 술꾼이라 불렸다고."

"이봐요, 유우를 귀찮게 하지 마세요."

이모가 작은할아버지의 귀를 잡아당겨 어머니가 있는 테이블로 끌고 갔다. 저기가 제일 떠들썩하다.

"하아, 화장실에 가자."

미성년자에게 술자리만큼 재미없는 것도 없다. 주위에는 나이 차이가 많이 나는 어른뿐이고, 술에 취해 까닭 없이 들러붙기도 한다. 친척이라 그런지 들러붙는 방식에도 거리낌이 없어진다. 의지되는 부모님도, 아버지는 술에 취해 쓰러져 있고 어머니는 주정뱅이 군단의 선두에서 신나게 달리고 있다.

지금은 순순히 도망치는 게 최고다.

볼일을 보고 비어 있는 다다미방에 들어갔다. 텔레비전이라도 보면서 시간을 때우고 있자. 아니면 오늘은 여기서 묵으니까 먼저 목욕이라도 할까.

"응?"

다다미방에는 먼저 온 손님이 있었다.

"오~."

유치원생 사촌동생이다. 어머니가 영국인인 혼혈이라, 예쁜 금발과 파란 눈이 서로 어울려 인형 같았다. 어머니에게 반반한 얼굴과 귀여움을 물려받아 친척들 사이에서는 장래에 엄청난 미소녀로 클 것이라는 이야기가 돌고 있었다.

이 아이는 토호쿠 쪽에 살고 있으며 정월과 골든 위크, 여름 방학 등의 장기 연휴 때 귀성한다. 오른손에 곰 인형을 안고 다다미 위에 엎드려 그림을 그리고 있었다.

연회에 질려서 빠져나온 거겠지. 현재 술을 마실 수 없는 사람은 나와 이 아이뿐이다.

"유우, 재미없어."

그녀는 미숙한 목소리로 말했다.

"그치. 술 같은 걸 마시고 뭐가 저렇게 재밌을까."

"술, 안 마셔?"

"난 아직 20살이 아니니까."

"유우, 배고파."

"뭐야, 밥 안 먹었어? 그럼 돌아갈까."

사촌동생은 고개를 붕붕 저었다. 아무래도 모르는 어른이 많이 있는 게 불편한 모양이다.

"음~, 그럼 잠깐 기다리고 있어."

어쩔 수 없다, 요리를 가져와 주자. 그렇게 큰 방으로 돌아가자 이번에는 큰아버지가 술냄새 나는 숨을 내쉬면서 아주 진지

한 얼굴로,

"이봐, 유우, 들었다고. 너 아직 여자 친구 없다면서?"

"시끄러."

"안 된다고, 20살까지 **동정**을 졸업하지 못하면 주위의 **동정**을 사게 된다고."

"시끄럽다고!"

"아하핫."

"잘한다!"

"재밌구만!"

이 녀석들, 이미 완전히 취했어.

주정뱅이의 헛소리는 진지하게 들을수록 시간 낭비다. 난 비어있는 접시에 닭튀김과 미트볼, 과일 등 아이가 좋아할 만한 음식을 모아서 빠르게 돌아왔다.

"자."

"맛있어~."

요리를 다 먹자 사촌동생은 기지개를 쭉 켰다.

"유우, 말 타고 싶어."

"말?"

"말"이라며 사촌동생은 날 가리켰다.

"……."

"달려라, 달려~!"

난 엉덩이를 찰싹 맞고 등에 있는 사촌동생을 떨어뜨리지 않도록 주의하면서 실내를 달렸다.

"더 빨리!"

"히, 히힝."

15분 정도 말이 되어 뛰어다녔다. 끝날 쯤에는 숨도 넘어갈 것 같았고 무릎이 욱신거렸다.

"유우, 게임하고 싶어."

"그래…… 좋아."

드디어 말 역할에서 해방되었다. 이 집에 유일하게 존재하는 게임기인 슈퍼 패ㅇ컴을 텔레비전에 연결했다.

"뭐 할래?"

"근육 울룩불룩한 거."

한동안 파ㅇ널 파이트 터프를 하고 있으니 어느샌가 사촌동생의 캐릭터가 움직이지 않게 돼있었다. 보니까 그녀는 잠들어 있었다. 짧은 손발이 접혀서 둥글게 되어 있는 게 사랑스러웠다.

한동안 혼자 게임을 계속하고 있으니 뒤쪽에서 문을 여는 소리가 났다.

"아, 이런 곳에 있었네."

삼촌이 얼굴을 비치고 있었다.

"이야아, 미안해 유우 군. 애를 보게 해버렸네."

"꼬맹이 돌보는 건 익숙해서요."

평소부터 건방진 꼬맹이들을 상대로 고군분투하는 나에게 이 정도는 아무것도 아니다.

삼촌은 딸의 얼굴을 부드럽게 치며 말했다.

"자, 일어나. 잘 거면 목욕하고 자."

"으음."

"유우히, 일어나."

"유우, 졸려."

"그러니까 잘 거면 목욕하고 나서."

"아하하."

이렇게 토가미가의 밤은 깊어져 갔다.

1

"<u>으흐흐</u>~, 귀여워라~."

테이블 위를 아장아장 걷는 장수풍뎅이. 늠름하게 젖혀진 뿔, 진한 갈색의 중후한 바디, 굵은 다리가 씩씩하다.

"계속 보고 있을 수 있을지도."

어릴 때부터 장수풍뎅이를 좋아한 나는 매년 여름이 되면 교외의 숲에서 장수풍뎅이 채집을 한다. 이 아이는 오늘 아침 일찍 아빠가 숲까지 데려다줘서 잡았다.

"언니, 일어나…… 어라? 벌써 일어났어?"

8시를 넘은 시간, 라디오 체조를 하고 돌아온 미소라가 날 깨우러 왔지만 아쉽게도 오늘은 이미 일어나 있다.

"아, 미소라 안녕."

"안녕, 뭐야, 오늘 일찍 일어났네…… 우와."

미소라는 테이블 위에 시선을 떨구자 한 걸음 확 물러섰다.

"뭐, 뭐, 뭐야 그거."

"뭐냐니, 장수풍뎅이야. 아까 잡아 왔어."

"또야…… 그보다 왜 케이지에서 꺼낸 거야. 케이지 안에 제대로 넣어둬."

"괜찮다니깐. 창문도 다 닫아뒀으니까. 아, 문 닫아. 미소라도 볼래? 귀여워."

미소라는 "아니 됐어, 징그러워"라며 쌀쌀맞게 말했다.

"안 징그러워, 귀여운데?"

"징그러. 너무 징그러워."

나 참, 이래서 요즘 애들은 빈약해서 곤란하다.

"자유 연구 소재로 써도 되는데? 언니는 매년 장수풍뎅이 관찰일기를 썼는걸."

난 장수풍뎅이를 집어서 미소라의 얼굴에 가까이 댔다.

장수풍뎅이의 어떤 점이 귀엽냐 하면 숲속에서는 최강인 곤충의 왕인데, 이렇게 집어 들면 다리를 안절부절못하며 움직이며 날뛰는 게 최고로 귀엽다.

"이거 봐, 귀엽지."

"히, 히익."

미소라는 튕겨 나가듯이 뒤로 물러났다.

"호들갑이네."

"그런 건 필요 없다니깐. 바퀴벌레랑 뭐가 다른데."

"그치, 바퀴벌레도 암컷 장수풍뎅이도 별 차이 없지."

"그런 뜻이 아닌데…… 아, 그렇지. 유우 씨가 옷 갈아입으면 바로 온다고 했어."

"유우 오빠? 아아, 그래그래."

"잘 안 넣어두면 도망간다."

미소라는 그렇게 말하고 나갔다.

그랬지, 오늘은 유우 오빠가 놀러 온다.

둘이서 함께 쓰고 있는 추리소설의 대략적인 플롯이 완성되어서 유우 오빠에게 보여주기 위해 내가 부른 것이다. 둘이서 서로 아이디어를 내서 마침내 여기까지 왔다.

유우 오빠랑 같이 뭔가를 만드는 건 어릴 때 이후로 처음이라, 둘이서 아이디어를 조율해 나가는 작업은 동심이 떠올라 정말 즐거웠다. 유우 오빠와 단둘이 있을 수 있는 것도 좋았다.

참고로 유우 오빠는 창작 초보자라서 플롯과 문장은 내가 담당하게 되었다.

"어디 보자."

난 테이블 위에 장수풍뎅이를 두고 창작 노트와 노트북을 가져오기 위해 책상으로 향했다.

저 장수풍뎅이도 케이지에 넣어둬야 한다. 유우 오빠는 장수풍뎅이에, 그렇다기보다는 벌레에 전반적으로 질색하니까. 그러고 보니 옛날에 얼굴에 장수풍뎅이가 달라붙어서 기절한 일도 있었지. 그때는 정말 재밌었다. 옛 여름의 그리운 추억에 난 웃음을 지었다.

"자, 집에 가자~…… 응?"

그렇게 뒤돌아본 내 눈에는 아무것도 없는 테이블만이 비쳤다.

"어?…… 어, 어라?"

목덜미에 식은땀이 났다.

"……"

분명 난 장수풍뎅이를 테이블에 뒀을 것이다. 그리고 책상 앞에 갔고, 노트랑 노트북을 테이블로 옮기려고 했다. 그 시간은 대략 10초 미만…….

"말도 안 돼."

겨우 10초 눈을 뗀 사이에 장수풍뎅이가 사라져 버렸다.

"으아아아아."

난 테이블 아래를 들여다봤지만 거기엔 아무것도 없었다.

"어디지? 어디 간 거지?"

쿠션을 들어 올려봤지만 없다. 침대로 눈을 돌려 시트와 베개, 이불 등, 닥치는 대로 치워봐도 장수풍뎅이는 온데간데없었다.

"에에……."

크, 큰일이다.

유우 오빠가 오기 전까지 어떻게든 찾아내야 한다. 유우 오빠가 장수풍뎅이랑 마주치기라도 하면 또 정신을 잃을지도…….

다행히 문도 창문도 다 닫아놔서 탈주 우려는 없다. 그 아이는 확실하게 이 방 어딘가에 있다. 침대 아래를 들여다봤다.

"음~, 없어."

난 침대 위에 서서 까치발을 들었다. 가능한 한 높은 시점에서 방을 둘러봤다. 손바닥 사이즈의 생물이 움직이면 반드시 눈에 띌 것이다.

하지만 시야 안에서 뭔가가 움직이는 기척은 없었다. 귀를 기울이고 발소리를 감지하려고 시도해봤지만 그럴싸한 소리는 들리지 않았다.

녀석, 지금은 어딘가의 그림자에 가만히 숨어있는 것 같다. 자신을 노리고 있다는 걸 알아차린 건가?

이윽고 익숙한 엔진 소리가 밖에서 들려왔다.

"아, 왔다."

유우 오빠의 차 소리다. 이건 좋지 않다. 난 서둘러 케이지를 베란다에 내놨다.

"어머, 유우 군"이라고 말하는 어머니의 목소리가 아래층에서 들렸다. 몇 초 후, 유우 오빠가 문을 열었다.

"나 왔어, 미야."

"아, 응, 유우 오빠, 안녕."

"뭐야? 땀 흘리고 있는데?"

"어? 아아, 아니, 여름이니까, 더워서."

"냉방 빵빵하잖아. 괜찮아?"

"괜찮아, 괜찮아."

유우 오빠는 테이블과 침대 사이에 있는 쿠션에 앉았다.

"이야, 그건 그렇고 어제는 놀랐어. 설마 시모무라랑 타츠키가 모녀 사이였을 줄이야."

"하하, 그렇네……!"

크, 큰일이다. 하필이면 유우 오빠가 온 직후에 모습을 드러내다니……

문 옆 책장의 3단——해외 미스터리 컬렉션 구역——에 그 아이가 있었다. 유우 오빠가 살짝 왼쪽을 보면 바로 발견된다. 거리를 보면 약 1미터.

지, 진정하는 거야, 나. 있는 곳은 파악했어. 이제 잡기만 하면 되잖아. 그래, 유우 오빠에게 들키지 않도록 조용히, 천천히.

"그보다 너 잠버릇 엄청 험하네. 침대가 엉망진창이잖아."

"어? 아니, 이건 사정이 좀 있어서…… 그런 것보다 유우 오빠, 바로 시작할 건데."

난 노트북을 유우 오빠에게 주고 워드에 쓴 플롯을 보여줬다.

"땡큐."

"일단 사건 발생부터 해결까지의 흐름을 만들어봤어."

"호오호오."

유우 오빠는 진지한 표정으로 화면을 바라보고 있다. 지금이다. 유우 오빠의 시선이 컴퓨터에 집중되어 있는 틈에 빨리 포획해버리자.

난 자연스럽게 책장 쪽으로 이동했다.

좋아 좋아, 그 아이는 지금 '로마 모자 미스터리' 앞에 있어. 그대로 가만히 있어. 장수풍뎅이를 자극하지 않도록 천천히 접근했다. 잽싸게 집어서 유우 오빠의 눈에 띄지 않게 베란다로 나와 케이지에 집어넣는다. 이렇게만 하면 된다.

그때, 내 머리 오른쪽에 문이 부딪쳤다.

쿵.

"크헉."

"유우 군, 차 마실래? 얘 미야, 문 앞에서 뭐 하는 거야."

엄마가 마실 것을 가져온 모양이다.

"쓰읍~."

"아, 잘 먹겠습니다."

"아야야……."

"미야는 여전히 덜렁이네."

정말, 누굴 위해 이런 노력을 하는 줄 알아? 여전히 둔감하다니깐.

유우 오빠는 지금 일어난 소동에 정신이 팔려 책장에 장수풍뎅이가 있다는 걸 알아차리지 못한 것 같았다.

착하지, 착해. 그대로, 그대로…….

난 아픔을 참으면서 기어가듯이 책장으로 향했다.

앞으로 1미터.

앞으로 50센티.

앞으로 30센티.

그때, 장수풍뎅이와 눈이 마주쳤다── 그런 느낌이 들었다.

안 좋은 예감이 내 가슴을 쳤다.

부탁이니까 그대로 가만히 있어줘.

부웅, 하고 날개가 펼쳐졌다.

그리고 그는 날아올랐다.

"지금 소리는 뭐야…… 우와아!!"

"으아아아아."

공중을 날아다니는 장수풍뎅이. 유우 오빠는 갑작스런 사태에 혼란에 빠졌는지 놀란 표정 그대로 허둥거렸다.

"왜, 왜 이런 곳에 장수풍뎅이가."

당연한 지적이다.

"야, 내려와."

난 침대 위로 올라가 장수풍뎅이를 쫓았다.

원을 그리듯이 선회하던 장수풍뎅이는 갑자기 강하해서 유우 오빠가 있는 곳으로 향했다.

"우와."

"꺅."

유우 오빠가 반사적으로 침대 쪽으로 뛰어들어 거기에 있던 나를 뒤에서 안았다. 난 강한 힘으로 안겼다. 그리고 유우 오빠의 얼굴이 바로 옆에.

아, 뭔가 좋은 냄새가 나. 팔도 거칠고 뭔가 그리운 느낌…….

"아니, 유우 오빠, 어딜 만지는 거야."

내 가슴에 손이 닿고 있지만, 유우 오빠는 그걸 신경 쓸 겨를이 없는지 더 세게 안았다.

"아아, 진짜…… 꺅."

"미야, 빨리 잡아줘!"

"그러니까 먼저 날 놓으라니깐."

유우 오빠의 손이 내 몸을 더듬었다.

"꺄앙."

"우오오오."

유우 오빠를 진정시키고 장수풍뎅이를 잡기까지 15분이 걸렸다.

2

문을 연 지 얼마 안 돼서 딸랑딸랑 하고 도어벨이 울렸다.

"어서 오세요~."

오늘의 첫 손님을 응대하러 가니, 거기에는 시모무라 히카리가 있었다. 하얀 블라우스에 옅은 색의 청바지. 팔에는 피부가 햇빛에 타는 것을 방지하기 위한 팔 토시를 끼고 있었다.

"오, 시모무라구나."

"열심히 하고 있어? 아리츠키."

"나도 있어."

히카리 뒤에서 타츠키가 불쑥 나타났다.

"타츠키도 같이 왔구나."

프ㅇ큐어 일러스트가 그려진 모자에 검은 티셔츠와 반바지로, 활발한 옷차림이었다. 배낭을 멘 것을 보니 어딘가로 놀러 가는 도중인 걸까. 시모무라 모녀는 카운터석에 앉았다.

"오랜만에 왔을지도."

타츠키는 두리번거리며 가게 안을 둘러봤다.

"자, 기다렸지."

히카리에게 사이다, 타츠키에게 콜라를 내줬다.

"푸하아~, 으음…… 콜록, 역시 이거지~."

타츠키는 힘차게 콜라를 마시고 살짝 사레가 들렸다.

"정말, 이상하게 마시지 마."

"네~."

부드럽게 타이르는 히카리의 모습은 어머니 같았다. 아니, 어머니였지. 그저께 미야오도리 때 이 둘이 모녀라는 걸 알았는데, 그 충격은 아직 몸에서 빠지지 않았다.

한숨 돌리자 타츠키는 배낭 속에서 스케치북을 꺼냈다.

"어머, 타츠키 그게 뭐야."

어머니가 카운터 안에서 몸을 앞쪽으로 내밀었다.

"이거~?"

"자유 연구야. 그치?"

"맞아, 이 마을의 소개 지도를 만들고 있어."

자신만만하게 스케치북의 1페이지를 보여주는 타츠키. 거기엔 컬러풀한 글자로 '우리의 마을, 후지노미야'라고 적혀있었다.

"지도?"

"시라이토 폭포랑, 마카이노 목장이랑, 센겐 씨랑, 많이 보고 왔어."

페이지를 팔랑팔랑 넘겨 보였다. 각 관광 명소 페이지엔 사진이나 팸플릿 스크랩 등이 붙어 있었고, 타츠키의 감상문 등이 연한 색연필로 적혀있었다. 여담이지만 이 지역 사람들은 센겐대사를 센겐 씨라 부른다.

"어제는 기석 박물관에 갔다 왔어."

"와아, 그럼 우리도 소개해줄래?"

"응, 오늘은 그러려고 온 거야. 〈문 나이트 테라스〉도 실어도 돼요?"

"물론이지, 그치?"

어머니가 시선을 보내자 아버지는 미소를 띠고 고개를 끄덕였다.

"아자~, 감사합니다."

그 후, 타츠키는 가게의 외관과 내부의 사진을 찍기 시작했다.

"꽤나 대단한 걸 하고 있네."

자유 연구라는 게 이렇게까지 진지하게 하는 거였나. 옛날 생각을 해봤다. 아마 내가 했던 건 방울토마토 화분 관찰일기나 건으라 공장 견학 감상이었지.

"놀러 가는 김에 숙제도 할 수 있어서 일석이조야."

그렇군, 자유 연구를 구실로 여러 곳에 놀러 갈 수 있는 건가. 타츠키 녀석, 상당한 수완가구나.

"그렇구나."

"오늘은 좀 이따 세계 유산 센터에 갈 거야"라고 말하는 히카리.

"아아, 그 큰 건물인가. 난 거기에 들어가 본 적이 없단 말이지."

내가 도쿄에 가 있는 동안에 후지산이 세계 유산이 되어 그걸 기념하는 건물까지 건축되어 있었다. 참고로 내가 후지산이 세계 유산으로 인정받은 것을 안 건 귀향한 이후이며, 그걸 알았을 때는 굉장히 놀랐다.

"아리츠키가 도쿄에 가 있는 동안에 건축된 건물이니까. 괜찮으면 같이 가볼래?"

"에, 유우 씨도 가는 거야~? 와~."

"괜찮아?"

"아직 손님도 없으니까 갔다 와도 돼."

어머니의 허가가 떨어져 난 시모무라 모녀와 함께 가게를 나왔다.

그 기묘한 건물은 마을의 중심부, 센겐 대사 남쪽에 세워져 있다. 뒤집힌 원뿔 위에 정사각형 판을 얹은 듯한 외관은 물 위에 거꾸로 비친 후지산을 표현하는 듯했다. 바로 앞에 채워진 물에 건물이 비치면 후지산의 형태로 보이는 설계가 되어 있다고 한다. 도로에 접한 곳에는 거대한 토리이가 있어 박력 만점이다.

타츠키는 건물의 외관을 한동안 사진에 담고 있었다.

듣기로는 준공은 2017년. 그 무렵을 돌이켜봐도 딱히 추억은 없구나. 그보다 요 10년 동안은 어느 해든 일에만 시간을 빼앗겨서 이벤트에 인연 같은 건 없는, 변함없는 매일을 보내고 있었다.

안으로 들어가 입장료를 내고 티켓과 팸플릿을 받았다. 아이는 입장 무료였다.

"호오, 뭔가 엄청나네."

실내에도 거대한 원뿔이 있었고 완만한 경사가 그 안으로 이어져 있었다.

"좋아~, 가자~."

타츠키를 선두로 우리는 경사를 올랐다. 안은 어둑어둑했고 나선형으로 되어 있었다.

"오오."

오른편 벽에 프로젝터 영상이 비치고 있었다.

"이거 봐 타츠키, 바다에서 본 후지산이래."

몇 초마다 영상이 바뀌어 다양한 곳에서 본 후지산의 모습을 볼 수 있었다. 위로 나아가자, 곧 숲의 풍경이 비치게 되었다.

"호~, 분위기 좋네."

새가 우는 소리가 어디선가 들려왔다. 뭔가 정말로 산속을 걷고 있는 기분…… 그렇군, 이렇게 후지산 등산을 **비슷하게 체험**할 수 있는 건가. 재밌는 컨셉이다.

관내는 사진 촬영 금지라서 타츠키는 어두침침한 가운데 메모를 하면서 감상하고 있었다.

"유우 씨는 후지산 등산한 적 있어?"

"정상까지 간 적은 없지만, 저기, 호에이산까지라면 초등학교 때 올라갔어."

보이스카우트——초3부터 초5까지는 컵스카우트——에 소속되어 있었던 나는 매년 여름이 되면 스카우트 캠프에 참가하여 후지산 5부 능선부터 호에이산 화구까지 올랐다.

"호에이산이라면 오른쪽에 쑥 나와 있는 곳?"

"맞아 맞아."

"와아, 대단해."

"엄마는 정상까지 오른 적 있지만"이라고 말하는 히카리.

"경쟁하지 말라고."

"아하하."

이윽고 풍경은 혹독한 삼림한계 환경으로 바뀐다. 울퉁불퉁한 바위 표면과 아래에 펼쳐진 구름을 바라보는 전망에 후지노미야시의 야경 등, 등산자가 아니면 볼 수 없는 야경이 비쳤다.

그리고 곧 정상으로.

"골인."

넓은 공간으로 나왔다. 의자가 있고 자판기도 있어서 조금 쉬고 싶다.

"아, 저기로 나갈 수 있는 것 같아."

북쪽의 유리벽 너머는 옥상 테라스라서 웅대한 후지산을 바라볼 수 있다. 타츠키와 함께 밖으로 나가자 가차 없는 오전의 햇볕이 쏟아졌다.

관광객으로 보이는 사람들이 그 모습을 담으려고 카메라를 쥐고 있었다. 유사 후지산 등산을 끝낸 관광객을 진짜 후지산이 맞이한다는 아이디어인 것 같다.

하지만──.

"이ㅇ 옥상에서 보는 게 더 잘 보이네."

아이는 생각한 것이 그대로 말로 나온다.

"아니, 얘, 타츠키!"

"하하하, 뭐, 마음은 알겠어."

후지노미야의 시민은 어디에서든 후지산을 볼 수 있는 환경에 있기 때문인지 그 고마움을 잘 모른다.

타츠키는 질렸는지, 아니면 바깥의 햇볕이 더웠는지 후지산의 사진 한 장을 찰칵 찍기만 하고 안으로 돌아가 버렸다.

"엄마~, 주스 사도 돼?"

"그래."

히카리가 지갑을 들고 타츠키를 쫓았다. 난 여기서 좀 더 보고 있자. 짙은 파란색 산맥, 호에이산 부근에 구름이 껴있어서 특징적인 돌출부가 가려져 있었다.

"어~이, 유우 씨."

타츠키가 달려왔다.

"어이쿠."

균형을 잃었는지 바로 눈앞에서 고꾸라질 뻔해서 받쳐줬다.

"괜찮아?"

"에헤헤, 고마워. 자, 이거."

타츠키는 손에 들고 있던 차 한 병을 건넸다.

"어? 받아도 돼?"

"응, 엄마가 주고 오래."

"고마워. 그렇지, 후지산을 배경으로 사진을 찍어줄게."

"그래도 돼?"

타츠키는 옥상 펜스에 아슬아슬하게 서서 얼굴 옆에 브이 사인을 만들었다. 카메라에 몇 장인가 담자 옆에 있던 고령의 부인이 이쪽을 보고 말했다.

"기운이 넘치는 따님이네요."

"네?"

나와 타츠키는 둘이서 깜짝 놀란 표정을 지었다. 부녀로 보였던 걸까.

"아, 아니에요, 얘는——"

내가 설명하려고 하자 타츠키가 내 말을 가로막았다.

"파~파, 막 이래."

"아니, 타츠키까지."

"헤헤."

타츠키는 쑥스러운 듯한 표정을 짓고 카메라를 받아서 안으로 돌아가 버렸다.

"아빠라니······."

태어나서 처음으로 그런 말을 들었다. 농담이라는 건 알고 있지만 쑥스럽달까 간질간질하달까, 뭔가 기분이 이상했다. 히카리와는 동갑이니 타츠키 정도 되는 아이가 있어도 이상하지 않은 나이지만.

나도 안으로 돌아가 두 사람과 합류했다. 타츠키는 히죽거리면서 메모에 오늘의 감상을 쓰고 있었다.

"아, 시모무라, 찻값 줄게."

"됐어, 그 정도는. 그보다 밖에서 무슨 얘기 했어?"

"그게."

보고 있었나. 분명 남편 이야기는 안 좋다고 했었지. 난 적당한 변명을 생각했다.

"아직 덥다는 그런 이야기를──"

"유우 씨를 말이지~, 파파라고 착각했어."

"야, 타츠키."

히카리 역시 어색한 웃음을 띠었다.

"그, 그렇구나, 아하하. 왠지 미안하네, 아리츠키."

"난 딱히 괜찮은데."

"그래?"

분위기가 어색해지지 않았으니 괜찮은 걸로 치자. 그 후, 1층에 있는 카페에서 가벼운 식사를 하고 돌아갔다.

어디에 가든 친구나 어머니와 함께였다.

일상생활 속에 어머니와 같은 세대인 성인 남성이 있었던 적이 없었다. 할아버지는 아버지라는 느낌이 안 들고, 어머니의 회사에 있는 남자는 왠지 얼굴이 무섭다. 아버지가 없어도 충분히 행복하게 살아왔지만, 오늘은 뭔가 신선한 느낌이 들어서 즐거웠다.

아빠가 있다는 건 이런 느낌일까, 라고 타츠키는 생각했다.

3

'싫어, 나, 착하게 지낼 거니까, 가지 마!'

난 눈물로 범벅이 된 얼굴로 유우 오빠의 손을 잡아당겼다. 미야도 아사카도 똑같이 얼굴을 눈물로 적시고 유우 오빠에게 딱 달라붙어 있었다. 크게 소리치면서 필사적으로 유우 오빠를 만류했다.

'이제 장난 안 칠 거니까, 부탁이니까 가지 마아!'

아이의 빈약한 힘으로는 유우 오빠를 막을 수 없다.

'싫어! 싫어!'

'꼭 돌아올 거니까.'

유우 오빠가 그렇게 말함과 동시에 눈이 떠졌다.

"으으, 꿈인가."

상반신을 일으켜 햇빛이 들어오는 창문을 봤다. 온몸에 식은 땀을 뻘뻘 흘리고 있었다. 안 좋은 꿈을 꿨기 때문일 것이다. 오랜만에 꿨네, 헤어지는 날의 꿈은.

"흐아암."

침대에서 내려와 갈아입을 옷과 목욕 타월을 가지고 욕실로. 뜨거운 물을 머리부터 뒤집어써서 방금 꾼 악몽을 떨쳐냈다. 이제 와서 그런 꿈을 꾸다니, 어떻게 됐다. 이제 유우 오빠는 돌아왔으니까 됐잖아.

"……유우 오빠."

가슴속이 찡 하고 뜨거워졌다. 소중한 것은 잃고 나서야 비로소 깨닫는 법이다. 헤어진 날 이후, 마음에 구멍이 뻥 뚫린 듯한 느낌이 들어 손에 아무것도 잡히지 않게 되었다. 뭘 해도 마음이 붕 떴고, 유우 오빠를 생각하고 있었다. 하지만 그렇게 유우 오빠 생각을 하고 있으면 슬퍼지니까, 떨쳐내고 다른 뭔가에 집중하려고 하지만 그것도 안 돼서 다시 유우 오빠 생각이 머리에 떠올랐다.

슬프고 허전해서 유우 오빠가 없어지고 한동안은 정말 매일 살아가는 게 고통이었다. 그리고 무엇보다 괴로웠던 것은, 내가 유우 오빠가 상경한 뒤에 그 사람을 좋아한다는 것을 깨달은 것이다.

매일 아침 일어날 때마다 전부 악몽이길 빌었다. 〈문 나이트 테리스〉에 가면 유우 오빠가 있고, 다시 소란스러운 일상이 돌아올 거라고.

하지만 현실은 전혀 변하지 않았고, 유우 오빠가 없는 일상을 지루하게 보낼 뿐이었다.

그래도 희망은 있었다.

사회인이라 해도 휴가는 있다. 골든 위크나 여름 휴가 등의 장기 휴가가 되면 돌아올 거라고 어른들은 위로해줬다. 그래서 난 더 이상 유우 오빠를 애먹이지 않도록 착하게 있기로 결심했다.

하지만 유우 오빠는 한 번도 돌아오지 않았다. 다음엔 돌아와 줄 것이다, 다음엔 돌아와 줄 것이다, 다음엔…….

기대하고 배신당하는 것을 반복하면서 난 점점 분노를 느끼게 되었다.

왜 돌아와 주지 않는 거야?

약속했으면서.

우리 같은 건 아무래도 좋은 거야?

분노는 쌓여가기만 했지만, 유우 오빠는 싫어할 수 없었다. 차라리 싫어졌다면 편했을 텐데.

연심은 사라지기는커녕 점점 더 커져서 날 괴롭혔다.

"후우, 상쾌하다."

머리를 말리고 아침을 먹고 방으로 돌아왔다.

연습복으로 갈아입고 선크림을 발랐다. 그리고 그 위로 운동복을 입고 소매를 걷었다. 마지막으로 왼손에 리스트밴드를 찼다.

단장을 다 하고 스마트폰을 가지고 놀고 있으니 유우 오빠한테 라인이 왔다. 처음엔 읽음 표시가 어떻다면서 난색을 표했지만, 나와 미야의 설득으로 최근에 겨우 라인을 시작해줬다.

'오늘부터 합숙이지?'

'응.'

'열심히 해.'

'열심히 할게.'

오빠는 근육질 돼지가 알통을 만들고 있는 이모티콘을 보냈다.

"후후, 뭐야, 이 이모티콘은."

특별할 것 없는 대화가 즐겁다. 10년을 갈망한 유우 오빠가 있는 일상. 더는 이 당연한 행복을 잃고 싶지 않다.

"그럼, 갈까."

학교에 도착했다. 합숙이라 해도 멀리 가는 건 아니다. 연습 시간을 평소보다 더 확대하고, 고등학교 부지 안에 세워진 숙박 시설 호쿠레이관에서 숙박하는 거다. 부엌, 침실, 남녀별 목욕탕, 회의실 등, 설비가 잘 갖춰져 있어서 이 학교의 합숙엔 한결같이 이곳이 사용된다.

"그럼 얘들아, 오늘부터 3일 동안 분발하자."

내가 그렇게 말하자, "네" 하고 모두의 목소리가 모였다.

짐을 호쿠레이관에 두고 체육관으로 향했다. 햇볕이 강하다. 운동장에서는 축구부가 빠릿빠릿하게 연습에 힘쓰고 있었고, 하기 보강에 참가하는 학생이나 다른 부활동을 하는 학생과 엇갈렸다.

리스트밴드를 만지고 볼을 찰싹 때려 기합을 넣었다.

"좋아, 해볼까."

연습, 점심, 그리고 다시 연습. 치고 달리고 뛰고 튕기고 다시 달리고. 해가 질 무렵에는 다들 완전히 녹초가 되어 있었다.

스포츠 드링크를 마시고 수건으로 땀을 닦았다. 가슴골에도 땀이 차서 불쾌하다. 빨리 목욕하고 싶네.

체육관 청소와 정리를 끝내고 호쿠레이관으로 돌아간다.

"아, 밋군이다."

"축구부도 지금 끝났나 보네."

돌아가는 길에 1학년들이 축구부 남자 쪽을 힐끗힐끗 보며 발길이 멈춰있었다. 아무래도 남자 친구가 축구부에 있는 모양이다.

"자, 빨리 걸어."

"네~…… 아, 류샤쿠 선배, 저희 반의 타카모토라는 남자애가 류샤쿠 선배한테 마음 있다고 했어요. 축구부인데, 저거 봐요, 저기 있는 노란 번호표 15번."

"그런 건 아무래도 상관없으니까 빨리 돌아가서 목욕하자."

"아니 아니, 타카모토는 키도 크고── 아으."

1학년들의 등을 밀어 앞으로 가게 했다.

"다음에 이야기만이라도 들어주세요. 성실하고 요즘 보기 드문 열혈 타입인데──"

"관심 없어~. 자, 걸어."

"네~."

*

"후우, 기분 좋다."

저녁 식사 전에 목욕을 했다. 지친 몸에 따뜻한 물이 몸에 스몄다.

"하나야마 선수도 여기서 합숙했을까"라며 1학년이 중얼거렸다.

하나야마 선수란 하나야마 코하루일 것이다. 일본 대표 선수이기도 하며 실업팀에서 활약하고 있는 하나야마 코하루는 놀랍게도 이곳 키타고의 졸업생, 즉 우리의 선배다. 소속은 분명 큐슈인가 어딘가의 팀이었지.

"우리 지금 코하룽이랑 같은 체험을 하고 있다는 거지."

"대박~."

키타고는 하나야마 코하루 외에도 많은 유명 선수를 배출하고 있는데, 인기는 하나야마 코하루가 가장 많으며 후배들 중에도 그녀의 팬은 많다.

"잠깐, 마히~, 또 큰 거야?!"

"진짜다."

"우와, 갑자기 만지지 마!"

뒤에서 카오리와 다른 아이들이 나에게 달라붙었다.

"대단하네, 떠 있는데."

"손이, 손이 행복해~."

"와왓, 간지럽잖아."

"뭘 먹으면 이렇게 커지는 거야?"

카오리가 아주 진지한 얼굴로 물어봤다.

"내가 알겠냐!"

힘껏 욕조의 물을 끼얹어줬다.

목욕을 한 후에 저녁으로 다 같이 카레돈가스를 만들었다. 두 그릇을 먹어 빈틈없이 에너지를 보급했다. 사실은 한 그릇 더 먹고 싶었지만 이 뒤에 있는 회의에서 졸면 안 된다. 주장이 꾸벅꾸벅 졸면 모두의 사기에 영향이 가는걸.

1층 회의실에서 회의를 하니, 겨우 하루도 끝났다.

모두가 뒤섞여 자는 이불 속에 들어가 스마트폰을 확인하자 유우 오빠와 모두에게 라인이 와있었다. 네 사람만의 단톡방 '아침, 낮, 밤과 달*'. 원래는 미야와 아사카와 나만 있는 '아침, 낮, 밤'이었지만 유우 오빠가 라인을 시작해서 초대해주기로 한 것이다.

"후후."

어째 오늘 유우 오빠는 처음으로 후지산 세계 유산 센터에 갔다 온 것 같다. 잘은 모르겠지만 유우 오빠는 후지산이 세계 유산이 됐다는 사실을 여기에 돌아와서 알았다고 하는데, 그럴 수가 있나? 거기선 얼마나 바빴던 걸까.

"마히~."

옆 이불에 있는 카오리가 파고들어 왔다.

"우와, 뭐야."

"우후훗, 합숙 날 밤 하면 연애 이야기잖아."

정신을 차리고 보니 3학년 멤버도 모여들고 있었다. 나 참, 다들 어떻게 다른 사람의 연애사에 그렇게 열중할 수 있는 건지.

---

*아사카, 마히루, 미야, 아리츠키의 이름은 각각 한자로 朝華, 眞昼, 未夜, 有月. 아침, 낮, 밤, 달이 들어가 있다.

"──그래서 말이야, 2반의 호리구치가 토가미한테 고백했대."

"어라? 호리구치라면 1학년 여자 친구가 있지 않았나?"

"헤어진 것 같아. 그래서 뭐, 결과는 당연히 참패."

"역시 철벽성녀님."

시각은 곧 11시를 넘기려 하고 있었다. 벌써 한 시간은 이렇게 수다를 떨고 있다. 내일은 6시 기상인데. 오늘은 상당히 힘든 연습을 소화했을 텐데, 다들 용케 체력이 버티네.

"철벽성녀라고 하면, 여기에도 있잖아."

"그렇지 그렇지."

"마히는 어때?"

질문을 받았다.

"엉?"

"누구 마음 가는 남자라던가 없어? 솔직히 말해서 한 명쯤은 괜찮다고 생각하는 남자애 있지?"

"솔직하게 다 말해."

"없다니깐. 난 그런 거 관심 없어."

"그런 겉치레는 됐고, 사실은 있지?"

"없어."

"거짓말만 하네."

"없다구."

"그럼 가끔 리스트밴드를 보면서 멍하니 있을 때가 있는데, 누구 생각하는 거야?"

"흐에? 뭐, 뭐어?!"

온몸이 뜨거워졌다.

"지금 당황한 걸 보니, 역시 남자인가."

"이, 이런.

"자, 불어."

"말도 안 돼, 마히 진짜 좋아하는 남자 있어?"

모두가 바싹 다가왔다.

"마히가 고백해서 함락시키지 못하는 남자는 없다니깐."

"용기를 내."

큰일이다 큰일이야, 누가 좀 도와줘.

"너희들, 언제까지 안 잘 거야!"

문이 힘차게 열리고 고문 선생님의 노성이 울렸다.

"소등은 10시야. 학년도 높은 것들이 한심하게."

"켁."

"이런."

"잘게요~."

부원들은 자기 이불로 돌아갔다.

"정말."

선생님이 불을 껐다. 살았다. 나도 이불을 덮었다. 눈을 감으니 유우 오빠의 얼굴이 떠올랐다. 사귀고 싶다는 그런 분에 넘치는 소망은 가지지 않는다. 유우 오빠의 연인이 된다면 얼마나 행복할까.

"……."

하지만 이 마음을 드러내면 분명 지금의 관계는 끝나버릴 것이다. 유우 오빠가 반드시 날 받아줄 거라고 볼 순 없으니까.

연애는 일방통행으로는 성립되지 않는다.

만약 그 사람에게 거절당하면, 난 분명 살아갈 수 없을 것이다. 욕심을 내면 안 된다. 겨우 유우 오빠와 같이 있을 수 있게 됐다.

그걸로 충분하잖아.

난 그 사람 곁에 있을 수만 있어도 좋아. 그것만으로도 만족이야. 계속 곁에 있고 싶어. 함께 웃고 싶어. 쭉, 언제까지나. 10년 전, 유우 오빠가 우리 앞에서 사라졌을 때 느낀 마음의 고통은 지금도 트라우마다. 더는 헤어지고 싶지 않아.

더는 헤어지고 싶지 않아. 더

는 헤어지고 싶지 않아. 더는 헤어지고 싶지 않아. 사랑해. 더는 헤어지고 싶지 않아. 더는 헤어지고 싶지 않아. 더는 헤어지고 싶지 않아. 더는 헤어지고 싶지 않아. 더는 헤어지고 싶지 않아. 더는 헤어지고 싶지 않아. 더는 헤어지고 싶지 않아. 더는 헤어지고 싶지 않아. 더는 헤어지고 싶지 않아. 더는 헤어지고 싶지 않아. 더는 헤어지고 싶지 않아. 더는 헤어지고 싶지 않아. 더는 헤어지고 싶지 않아. 더는 헤어지고 싶지 않아. 더는 헤어지고 싶지 않아.

뭐든지 할 테니까, 내가 계속 곁에 있게 해줘, 유우 오빠.

다음 날 아침.

"으음, 응?"

눈을 뜨자 부원들이 날 둘러싸고 있었다. 다들 잠옷을 입은 채로 하나같이 걱정스러운 표정을 짓고 있었다.

뭐지? 무슨 일 있었나?

난 모두를 둘러보고 말했다.

"깜짝 놀랐네. 왜 그래, 다들."

"마히, 울고 있었으니까."

카오리가 말했다.

"뭐어?"

"자면서 울고 있었으니까, 걱정돼서."

"울고 있었다니, 내가?"

"응. 그리고 가위눌렸었어."

"울지는……."

그러고 보니 눈 주위가 조금 얼얼한 것 같은데. 베개도 조금 젖어 있었다. 울 만한 꿈을 꾼 걸까. 난 꿈의 내용을 되새기려고 해봤지만 바로 그만뒀다.

유우 오빠가 어딘가로 가버리는 꿈이었으니까.

"마히, 괜찮아?"

"괜찮다니깐. 하품해서 눈물이 나왔다던가, 그런 거겠지."

난 일어섰다. 애써 밝은 목소리를 냈다. 부장이 모두를 불안하게 만드는 일이 있어서는 안 된다.

"자, 빨리 준비하고 아침 먹자."

일동은 이불을 개고 줄줄이 방에서 나갔다.

유우 오빠와 헤어지다니, 더는 그런 일이 있을 리가 없는데. 내 뇌 속의 꿈을 담당하는 곳은 무슨 생각을 하는 거야.

유우 오빠는 더 이상 어디에도 안 가는걸.

우리랑 쭉 함께다.

4

8월 9일.

"우와아, 아빠, 조금만 더 얌전히 달려."

"뭐야, 미야. 차 안에서 노트북이나 만지고."

"소설 쓰고 있어. 보지 마. 앞은 봐. 위험하잖아."

"어느 쪽이냐고."

"운전에 집중하라는 뜻이야."

정말이지, 아빠의 차는 엄청 흔들린다. 손이 미끄러져서 이상한 부분에서 줄이 바뀌어버렸다. 그러고 보니, 유우 오빠는 지금 뭘 하고 있을까. 마히루는 어제부터 합숙이고, 아사카랑──.

"앗."

"뭐야, 큰 소리를 다 내고."

"아, 아냐, 아무것도 아니야."

아사카랑 단둘이 되면 우리의 눈이 없는 곳에서 아사카가 또

폭주할지도. 아사카는 10년 만에 유우 오빠를 만나서 어릴 때처럼 대하고 있으니 말이지. 이상한 짓 못 하게 일단 라인 해두자.

"그건 그렇고 오늘은 비어있네. 오, 원에이티다. 그립네."

이윽고 차는 토메이고속도로에 진입했다. 오늘의 목적지는 시즈오카시의 대학 오픈캠퍼스다. 아빠가 따라오는 건 좀 불안하지만.

*

"미야는 오픈캠퍼스, 마히루는 어제부터 합숙……."

그렇다는 것은.

"우후후후후후후."

나도 모르게 침이 나올 것 같다. 오늘은 유우 오빠와 단둘이 지낼 수 있다. 게다가 유우 오빠는 쉰다고 했고.

"후후, 우후후후."

난 창가에 다가가 커튼을 걷었다. 푸르른 정원의 풍경. 정원 너머에 펼쳐진 숲에서 매미와 새가 우는 소리가 들려왔다. 오늘도 햇볕이 강하다. 정말 더울 것 같다.

난 스마트폰을 들고 라인을 보냈다.

'유우 오빠, 일어났어요?'

엄지를 척 세운 돼지 이모티콘이 돌아왔다.

'놀러 가고 싶어요.'

'좋아.'

'지금 갈게요.'

'더우니까 데리러 갈게.'

'감사합니다♡'

난 바로 잠옷을 벗었다. 그때 띠링, 하고 메시지가 도착했다. 미야한테서 온 메시지다.

'아사카, 유우 오빠한테 이상한 짓 하면 안 돼.'

'알고 있다니깐.'

"우후후."

*

긴 언덕을 올라 겐도지가로. 주차장에 차는 없다. 시빅을 대고 현관으로 향했다.

"유우 오빠, 안녕하세요."

"그래…… 근데 그 모습은 뭐야."

아사카는 얇은 캐미솔에 허벅지가 노출된 반바지를 입고 있었다.

"더워서요. 여름이니까."

"그야 그렇지만, 그런 차림으로 외출하면 안 된다?"

"집 안에서만 있을 거니까 괜찮아요. 자, 들어오세요. 우선 차라도 드세요."

"실례합니다…… 에어컨 빵빵하네."

아사카의 방으로 안내받았다.

"보리차면 되나요?"

"어어, 고마워⋯⋯."

아사카는 몸을 앞으로 기울이고 차를 대접했다. 캐미솔은 가슴이 크게 트여있어서 캐미솔과 피부의 틈이 보일 뻔했다. 난 눈을 획 돌렸다.

이, 이 녀석, 경계를 너무 안 하잖아. 나도 남자다. 날 신뢰하는 건 기쁘지만, 남자랑 같은 방에 있는데 이런 무방비한 모습으로 있으니 장래가 걱정된다.

의식하고 있다는 걸 알아차리지 못하도록 잽싸게 따라놓은 보리차에 손을 뻗어 목을 축였다.

"후우, 맛있다."

아사카는 자기 몫의 보리차를 다 따르고 총총 내 옆에 앉았다. 그리고 내 어깨에 머리를 톡 기댔다. 멍해질 것 같은 좋은 향기가 아사카의 몸에서 피어올랐다. 아사카는 코를 킁킁거리더니 말했다.

"유우 오빠, 샤워하고 왔어요?"

"아침에 미소라랑 다른 애들이랑 농구하고 와서."

"그래요⋯⋯ 아쉽네요."

"뭐가?"

"오늘은 쭉 단둘이네요."

"그러게. 미야는 탓쨩이랑 오픈캠퍼스에 갔고, 마히루는 합숙이었지."

"참고로 오늘은 가사도우미 분들도 없어요."

"그래?"

"진짜 단둘이에요."

그런 보고가 필요한가?

텔레비전을 켜자 와이드 쇼에서 캠핑 특집을 하고 있었다.

"캠핑이라, 좋네."

"다 같이 가면 재밌을 것 같아요."

"그렇네, 미야랑 마히루랑도 얘기해서 후모톳파라 근처에서 해볼까."

이 동네의 북서부는 캠핑장이 잘 갖춰져 있다.

"지금 거긴 애니메이션의 성지가 됐어요. 캠핑을 테마로 한 애니메이션의 무대가 돼서요."

"호오."

모르는 사이에 고향이 유명해졌을 줄이야.

"아사카는 애니메이션을 좋아하는구나."

"학교 친구의 영향을 받아서——"

잡담을 하면서 느긋하게 지냈다. 와이드 쇼도 종반에 접어들어 시청자의 애완동물 특집으로 전환되었다. 아사카는 '그렇지'라고 말하며 일어섰다. 무엇을 하나 싶어 지켜보고 있으니, 그대로 방에서 나갔다.

"좋은 게 있으니까 잠깐 기다려주세요."

그렇게 기다리길 몇 분. 아사카는 갓난아기처럼 기는 자세로 돌아왔다. 강아지 귀가 달린 머리띠를 하고 가는 목에는 가죽제 개목걸이가.

"멍멍."

"우와."

그대로 나에게 달려들었다.

"그 모습은 뭐야."

오늘 두 번째 하는 대사다.

"에헤헤, 전에 창고를 정리하다가 찾았어요. 기억 안 나요? 옛날에 다 같이 소꿉놀이 했을 때 미야가 가져온 거예요."

"그러고 보니……."

기억을 더듬었다. 그런 일도 있었던가.

"개 역할은 제가 할 예정이었다구요?"

분명 누가 개 역할을 할 건지 가위바위보를 하고, 그래 맞아. 아사카로 정해졌지만 아무리 그래도 초등학교 1학년 여자애한테 개목걸이를 채우는 건 좋지 않다면서 내가 대신 개 역할을 했었지. 그리고 엉뚱한 오해를 받기도 하고…….

지금 아사카는 고등학교 3학년. 개목걸이를 채워도 위험한 그림은 나오지 않는다…… 아니, 나온다.

"어때요?"

어떻냐고 물어봐도 뭐라 답하면 좋을지 전혀 모르겠다.

"멍."

아사카는 나를 덮쳐 누르듯이 몸을 맡겼다.

"개가 애교를 부리면 쓰다듬어줘야 한다구요?"

"……그래~, 착하다 착해."

난 아사카의 머리를 쓰다듬어봤다. 손가락 안쪽이 사락사락한

머리카락을 미끄러져 가는 게 기분 좋았다.

"멍."

아사카에게 꼬리가 달려있었다면 분명 꼬리가 떨어져 나갈 정도로 흔들었을 것이다. 어리광 부리는 버릇은 나아지기는커녕 점점 더 악화되고 있는 것 같다.

여고생에게 강아지 귀와 개목걸이를 달게 하고 강아지한테 하는 것처럼 어르다니, 이 녀석이 동생 같은 아이가 아니었다면 엄청나게 불건전하고 범죄적인 상황이다.

"넌 정말 강아지 같네."

"멍."

아사카는 내 손을 잡고 입가에 가까이 가져가 분홍색 입술에 갖다 댔다.

"어?"

말랑한 감촉이 손끝에 전해졌나 싶더니.

"쪽."

"어어?!"

놀랍게도 할짝할짝 핥기 시작했다. 아사카는 검지 끝을 정성껏 핥았다. 그녀의 혀의 감촉은 따뜻하고 부드럽고 기분 좋았다……가 아니라.

"야, 아사카."

개는 주인의 손이나 얼굴을 핥는 법이지만, 아무리 그래도 이건 너무 과하다.

"그만해."

"쪽, 츄릅."

"아사카!"

"끼잉."

아사카는 멈추지 않았다. 억지로 떼어놓으려고 하면 거절당했다고 착각할지도 모른다.

잠깐만? 지금 이 녀석은 개니까…….

"아사카, 앉아."

"멍."

아사카는 슥 물러나서 그 자리에 딱 앉아서 앉아 포즈를 취했다. 게슴츠레한 눈으로 나를 바라봤다.

"손."

"멍."

"일어서."

"멍."

왜, 왠지 분위기가 이상해지기 시작했다.

"아사카, 적당히 시간 됐어. 슬슬 나갈까."

"네, 산책이네요. 목줄 가져올게요."

"아니야!"

여고생에게 목줄을 달고 산책 같은 걸 시켰다가는 확실하게 신고당한다. 옛 기억 속의 수많은 오해에 의한 사건이 뇌리를 스쳐 지나갔다.

"자, 개 놀이는 이제 끝."

"네~."

아사카는 강아지 귀를 벗어서 테이블 위에 놓았다. 겨우 끝났다. 방에서 한 발도 나가지 않았는데 피로가 확 쌓인 느낌이 들었다.

"그럼, 어디에 가고 싶어?"
"어디든 좋아요. 유우 오빠와 함께라면 어디에 가도 즐거워요."
"음~, 그럼 잠깐 드라이브라도 할까."
"네."
"그 전에 제대로 된 옷으로 갈아입어."
아사카는 '알겠어요'라고 말하고 옷장에서 서머 니트를 꺼내 캐미솔 위에 입었다. 쇄골이 보이지만 이 정도 노출이라면 괜찮을 것이다.
"갈까요."
"그래, 아니…… 개목걸이도 풀어!"

＊

1시간 후.
우리는 지금 후지산의 등산로를 달리고 있다. 후지산 스카이라인 도중에 마을을 한눈에 볼 수 있는 곳이 있어서, 드라이브하는 김에 거기서 점심을 먹기로 한 것이다. 드라이브스루에서 맥○을 사서 목적지로 향했다.
그 장소는 구불구불한 길이 이어지는 오르막 중간, 왼편 경사

면에 접한 갓길에 있다. 나무가 벌채된 그 일각은 시야를 가리는 나무들이 없어서 아래에 있는 마을을 내려다볼 수 있다. 오늘은 공기가 맑아 남쪽에 보이는 스루가만과 그 너머의 이즈반도까지 볼 수 있을 정도다. 건물은 전부 콩알만 했다. 어슴푸레한 바다의 푸르름이 눈에 편안했다.

"경치 좋네요."

"그치?"

"저거 있는 숲이 센겐 씨일까요. 아, 저게 시청이네요."

"아마 아사카의 집은 저쯤이겠지."

이렇게 후지산에서 우리가 사는 마을을 한눈에 바라보고 있으면 뭔가 신이라도 된 것 같은 기분이 든다.

"유우 오빠, 밥 먹어요."

"그렇네."

"자, 아~."

아사카가 더블치즈버거를 내밀었다.

"야 야 아사카, 혼자 먹을 수 있는데?"

"먹여드릴게요."

"어?"

"자, 드세요."

아사카는 양손으로 햄버거를 들고 있었다. 난 거기에 얼굴을 가까이 댔다.

"……아암. 맛있어."

그렇게 햄버거부터 감자튀김, 너겟, 끝내는 음료수에 이르기까지 아사카가 수고스럽게 입에 넣어줬다. 이래서는 꼭 아이 같다.

"근데 이러면 아사카가 못 먹잖아?"

"제 몫은 유우 오빠가 먹여주세요."

"뭐?"

아사카는 입을 벌렸다.

먹을 것을 서로 먹여주다니. 뭐랄까, 막 사귀기 시작한 꽁냥꽁냥 대는 커플 같잖아.

"유우 오빠, 배고파요."

"아아 진짜, 알았어 알았어."

데리야키버거의 포장을 벗겨 아사카의 입가에 가져갔다.

"앙, 맛있어요."

"그래."

"유우 오빠랑 함께라면 뭐든 맛있어요."

"그거 다행이네."

아사카는 하는 말 하나하나가 호들갑스럽다. 이런 말을 거리낌 없이 하면 남자는 착각하고 만다. 이 녀석은 동생 같은 존재라서 내가 그런 식으로 의식하면 안 되지만.

뭐, 그건 그렇고 밖에서 먹는 맥○은 어쩜 이렇게 맛있을까. 그것도 이렇게 전망 좋은 곳에서.

그렇게 우리는 서로의 입에 음식을 먹여주고 받아먹으며 충실 (?)한 점심시간을 보냈다.

*

즐겁다. 정말 즐겁다.

무엇을 봐도 무엇을 해도 어디에 있어도 유우 오빠와 함께라면 모든 것이 반짝여 보인다.

"아사카, 슬슬 가자."

"네."

시가지로 돌아와 우리는 이〇으로 향했다. 평일 낮인데 사람으로 넘쳐났다.

유우 오빠의 팔에 자신의 팔을 휘감았다. 울퉁불퉁하고 탄탄해서 멋지다. 아까 밖에 나왔을 때 더웠는지 땀 냄새가 약간 났다. 냄새 좋다…….

주위 사람이 보기에 커플로 보이거나 하지 않을까. 좀 더 가까이 붙어보자. 가슴을 밀어붙이듯이 밀착하자 유우 오빠의 몸이 움찔 떨렸다.

귀여워.

"아사카, 그렇게 딱 붙으면 걷기 어려운데."

"네~."

오전 중에 캠핑 이야기가 나와서 아웃도어 샵에 들르기로 했다.

"와아, 텐트도 여러 가지가 있네요."

"넷이서 쓸 거면 이 사이즈가 좋으려나."

"유우 오빠, 저희랑 같은 텐트에 들어갈 생각이에요?"

"어?! 아, 아니 그런 게 아니라."

"우후후, 전 괜찮아요."

"아사카, 놀리지 마."

"이왕이면 이 작은 텐트를 두 개 사서 두 명씩 써요. 저랑 유우 오빠, 미야랑 마히루 이렇게."

"아사카, 농담은 그만해."

"네~."

농담 아닌데.

유우 오빠는 작은 도구 코너로 향했다.

"이런 나무 머그컵으로 커피를 마시면 맛있겠지. 별이 깔린 하늘 아래에서 말이야, 모닥불을 보면서 뜨거운 커피를 호로록."

유우 오빠는 그런 상황을 좋아하는 모양이다. 로맨틱해서 멋져.

"아, 커플 머그컵이 있어요."

목제 컵이고 빨간색과 파란색 하트가 각각 새겨져 있었다.

"아니, 그거 커플용이야."

"괜찮잖아요."

그때 우리 쪽으로 점원이 다가왔다.

"이 제품은 이름을 추가해서 조각하는 것도 가능해요."

"그래요?"

"네, 이 하트 아래에 남자 친구분과 여자 친구분의 이름을 알파벳으로요."

남자 친구분과 여자 친구분…… 역시 다른 사람들의 눈에는 커플로 보이는구나. 마음이 불타는 듯이 뜨거워지고 나도 모르게 볼 근육이 풀어졌다.

"네? 아니, 그래도."

"유우 오빠, 꼭 해달라고 해요."

"아니, 아저씨랑 여고생이 커플 머그컵을 사다니, 뭔가 죄를 짓는 것 같달까."

"유우 오빠는 아저씨가 아니에요."

"30대가 코앞인데 아저씨지. 그리고 아직 캠핑 간다고 정해지지도 않았잖아. 죄, 죄송합니다. 괜찮아요. 자, 가자."

"치이."

유우 오빠는 체면을 너무 신경 쓰는 면이 있단 말이야. 난 유우 오빠를 위해서라면 뭐든지 할 수 있는데, 항상 조심한다고 해야 할까, 다른 사람의 눈을 신경 쓴다고 해야 할까. 사람들이 어떻게 생각하든 본인이 만족하면 된다고 생각하는데.

옛날에 수많은 오해로 인해 일어난 사건이 아직도 영향을 끼치고 있는 걸까. 경찰 신세를 질 뻔한 적도 많이 있었지.

"유우 오빠."

"응?"

"무슨 일이 있어도 제가 지켜줄 테니까 괜찮아요."

"고마워…… 그런데 무슨 말이야?"

*

"자, 그럼 휴식. 재개는 1시부터."

녹초가 됐다. 연습복은 짤 수 있을 정도로 땀을 흡수했다.

정오의 종소리를 들으면서 호쿠레이관으로 돌아왔다. 합숙도 이틀째가 되니 연습이 한층 더 힘들어졌다. 밥을 잘 챙겨먹고 에너지를 충전해야 한다.

날이 더울 텐데 밖으로 나오니 바람이 상쾌했다.

"아, 마히. 먼저 가있어."

체육관에서 나왔을 때 카오리가 허둥지둥 줄에서 이탈했다. 무슨 일인가 생각하고 있는데 교사 뒤편에서 한 남학생이 나타나는 것이 아닌가. 시민 수영장에 갔을 때 있었던 남학생이다.

"쟤, 카오링 남친이야."

"어? 엄청 잘생겼잖아."

"근데 뭔가 비실비실하지 않아?"

"음~, 내가 보기엔 좀 아니려나."

"마히의 의견은?"

"뭐?"

내 의견을 물어보길래 둘의 모습을 관찰했다.

"괜찮지 않아? 둘 다 좋아 보이니까."

"그래? 그래도 말이야, 잘 보면 카오링이 키가 더 크지 않아?"

"아, 정말이네."

"자기보다 작은 남자는 좀."

"아니 아니, 키 같은 건 상관없잖아."

내가 그렇게 말하자 부부장인 오오미야 치사토는 진지한 표정을 지었다.

"아니지 아니지, 그거 상당히 중요한 요소야. 그도 그렇게 힐 신으면 차이가 더 나는걸? 게다가 남자도 자기 옆에서 걷는 여자애가 자기보다 크면 분명 주위의 눈이 신경 쓰일 거고 주눅 들 거야."

그렇게 말하는 치사토도 키가 175센티로 커서 그녀 나름의 고생이 엿보였다.

"마히도 자기보다 작은 남자는 연애 대상으로는 좀 아니잖아?"

"아니, 난 그런 건 신경 안 쓰는데."

"정말?"

"으, 응."

"너희들, 빨리 점심 안 먹으면 휴식 시간 없어진다!"

고문 선생님이 안에서 소리쳐서 부원들을 재촉했다.

"이런, 가자."

키 차이라.

내 키는 현재 176센티. 여자치고는, 그렇다기보다는 남자를 포함해서 상당히 큰 편이라 생각한다. 유우 오빠는 대강 170센티 정도인가.

그렇게 커 보였던 유우 오빠를 10년 만에 앞질러버렸다. 난 키 차이 같은 건 신경 안 쓰이는데, 남자는 신경 쓰일까.

유우 오빠도 자기보다 큰 여자애는 싫을까. 그보다 사귀지도 않는데 그런 걸 생각해봤자 의미 없잖아.

그래도······.

고민이 많은 점심시간이 돼버렸다.

그날 밤, 난 목욕 시간에 카오리에게 물어봤다.

"있잖아, 카오리."

"왜?"

"그 남자 친구랑 말이야."

"엣, 남자 친구? 무무무무, 무슨 말이야?"

"시치미 떼지 마. 점심 휴식 때 몰래 만났잖아."

"어? 들켰구나."

"이미 다들 알고 있어."

"에에, 진짜?"

말투는 비관적이지만, 카오리는 왠지 기쁜 듯이 부끄러워했다.

"그래 그래, 그래서 말이야, 그 남자랑 카오리를 보면 카오리가 더 키가 크잖아?"

"어? 응."

"그건, 그, 어때?"

"어떻냐니?"

카오리는 진심으로 이상하다는 듯이 바라봤다.

"아니, 그, 여자의 키가 더 크면, 이래저래, 그러니까……."

말이 잘 이어지지 않았다.

"키 같은 건 아무래도 상관없지 않아?"

"그런, 가?"

"우린 전혀 신경 안 써. 아, 마히, 키가 커서 그런 걱정 하는 거지?"

"난 딱히……."

머릿속에 유우 오빠의 얼굴이 떠올랐다.

"서로 좋아하면 키 같은 건 전혀 상관없다고 생각하는데."

"그렇구나."

하지만 그건 어디까지나 카오리와 그 남자 친구의 의견.

"그렇구나 그렇구나, 마히가 좋아하는 사람은 마히보다 키가 작구나."

"뭐, 뭐어? 그런 거 아니거든."

"지금 한 이야기의 흐름을 보면 무조건 그런 느낌인데."

"아니라니깐."

"어~이, 얘들아~, 마히의 연애── 어푸어푸."

난 카오리의 얼굴에 물을 끼얹었다.

유우 오빠는 어떻게 생각할까. 큰 여자는 역시 연애 대상이 아닌 걸까.

건방진 꼬맹이 할로윈 나이트

1

"잘됐네, 어깨가 가벼워졌어."

어머니가 진지한 표정으로 말했다.

"그래도 졸업할 때까지 놀기만 하면 안 된다."

"알고 있어."

"그건 그렇고 도쿄라니……."

딸랑딸랑 하고 도어벨 소리가 났다. 입구를 보니 항상 오는 건 방진 꼬맹이들. 입고 있는 옷은 항상 입는 옷이 아니었지만.

"어머나~, 귀엽네."

어머니가 탄성을 질렀다.

'간다'라고 미야가 외친 뒤, 세 명은 다 같이 소리쳤다.

"""트릭 오어 트릿!"""

오늘은 10월 31일.

할로윈이다.

고대 켈트인의 축제가 기원이며, 가을의 수확을 축하하고 악 령을 쫓아내는 목적으로 행해졌다고 한다. 고대 켈트에서는 10 월 31일이 1년의 마지막 날이며 이날은 죽은 자의 영혼과 악령, 나쁜 마녀 등이 거리를 배회하기 때문에 그에 대항하여 가장하거나 액운을 막는 모닥불을 피워 몸을 지켰다고 한다.

현대에는 종교적인 의미는 희미해지고 완전히 가장을 즐기는 이벤트로 변했다. 근래 일본에서도 그 존재감이 커지고 있으며 가을의 풍물시로 정착되고 있다.

동네 주민 모임에서도 올해부터 가을 행사에 할로윈을 도입하게 되었다.

아이들은 가장을 하고 동네의 집들을 돌며 과자를 받는다. 〈문나이트 테라스〉도 오늘은 할로윈 분위기다. 테라스석에는 잭 오랜턴이 놓여 있고, 가게 안에도 호박이나 박쥐를 모티브로 한 장식이 되어 있다.

할로윈 한정인 호박파이와 펌킨셰이크 등도 수량 한정으로 판매 중이다.

"어때, 유우 오빠."

미야는 빙글 돌아 보였다.

큰 고깔모자에 옷감이 얇고 팔랑팔랑한 옷. 소맷부리는 상당히 넓어 헐렁헐렁했다. 호박 형태의 둥근 미니스커트가 귀여웠다. 양말은 오렌지색과 검은색의 줄무늬였다.

"호~, 마녀인가."

"맞아."

손에 든 작은 빗자루를 이쪽으로 향했다. 눈가에는 검은 라인이 그려져 있었고, 잘 보니 손톱도 까맣게 칠해져 있었다.

"어때? 예뻐?"

"……괜찮네."

"에헤헤."

"난 고양이다냥."

마히루는 할퀴는 흉내를 냈다.

머리에 고양이귀 머리띠를 쓰고 목에는 방울이 달린 초커를 두르고 있었다. 검은 메이드복을 입고 있는 걸 보니, 테마는 고양이귀 메이드일 것이다. 양손에 고양이의 손을 모방한 장갑을 꼈고 스커트 뒤쪽에는 꼬리가 나 있었다.

"받아라, 고양이 펀치."

장갑 덕분인지 맞는 느낌은 전혀 없었다.

"전혀 소용없다고."

"큭."

마히루 치고는 보기 드문 소녀다운 스타일이다.

"그래서 아사카는?"

"훗훗후, 물어버릴 거예요."

아사카도 머리띠를 하고 있지만, 이쪽은 작은 박쥐 날개 같은 장식이 달려있었다. 하얀 블라우스에 검은 망토. 살짝 엿보인 송곳니가 위협적으로 뾰족했다. 블라우스의 가슴팍에 빨간 점들이 찍혀있는 건 흡혈을 한 흔적을 표현하고 있는 걸까.

"뱀파이어예요."

"대단하네, 그 이는 붙인 거야?"

"네."

아사카는 그렇게 말하고 내 손을 잡고 무는 흉내를 냈다. 저렇게 뾰족한 걸 보면 정말 아플 것 같다.

셋은 하얀 천 주머니를 들고 있었다. 이 주머니에 과자를 모으는 건가.

"자, 유우 오빠, 골탕 먹기 싫으면 과자를 내놔!"

미야가 큰 소리로 말했다.

"이상하다, 항상 골탕 먹고 있는데…… 자."

개별 포장 과자에서 작게 포장된 과자를 천 주머니에 넣어줬다.

"그건 그렇고 잘 만들었네. 전부 미쿠 씨가 만든 거야?"

"맞아."

미쿠 씨는 지역의 어느 극단의 의상 담당으로 일하고 있었다고 하며 옷이나 의상을 자작하는 게 취미라고 한다.

"유우 오빠 것도 있어"라고 말하는 미야.

"어?"

꼬맹이들 손에 이끌려 이웃집인 하루야마가로.

왜 이렇게 됐지.

"잘 어울려, 유우 군."

미쿠 씨는 기분 탓인지 몰라도 반쯤 웃으면서 말했다.

"저기, 전 이미 고등학생인데요."

호박 모양의 탈은 눈과 코가 삼각형으로, 입은 삐죽삐죽하게 파여 있었다. 너덜너덜한 황갈색 망토에 앤티크한 랜턴.

"호박 괴물이다냥"이라고 말하는 마히루.

내게 입혀진 옷은 잭 오 랜턴 코스프레다. 망토는 온몸을 감싸는 판초 같은 형태. 움직이기 어려운 것은 물론이고, 무엇보다 시야가 좁았다. 그도 그렇게 삼각형으로 잘라낸 구멍으로 보고 있으니까.

"유우 오빠, 어울려요."

얼굴이 가려지니까 누가 입어도 마찬가지인 것 같은데.

"그럼 애들을 잘 부탁할게."

"옙."

그렇게 우리는 할로윈의 거리로 나갔다.

해 질 녘의 동네는 가장한 아이들로 넘쳐났다. 종류도 할로윈의 정석인 서양의 괴물뿐만 아니라 일본풍 요괴, 애니메이션의 캐릭터 등 다양했다.

이벤트에 참가하는 집에는 집 앞에 특별 주문한 잭 오 랜턴 인형이 장식되어 있어서 아이들은 그걸 표지로 삼아서 집을 방문했다.

"트릭 오어 트릿."

집들을 돌면서 협박하고 과자를 강탈한다.

"아, 미야랑 애들이다."

가끔 같은 초등학교 친구와 조우해서 서로 가장한 모습을 보여줬다. 흐뭇한 광경이다.

"있잖아, 이 호박 괴물은 누구야?"

"이거? 이건 유우 오빠야."

"어라, 미야, 오빠가 있었나."

"내 권속이야"라며 아사카가 덧붙였다.

"?"

"이 녀석들이 항상 신세 지고 있습니다."

난 머리를 꾸벅 숙였다.

"엄마~, 호박이 있어~."

"어머나. 의욕이 가득하네."

아이를 돌본다고 보호자를 동반한 팀이 많은데 그 보호자까지 가장하는 경우는 아무래도 드문 듯하다. 얼굴이 가려져 있으니 그런대로 괜찮지만, 왠지 조금 부끄러워지기 시작했다. 내가 어렸을 때는 이런 이벤트가 없었지. 시대가 느껴지네.

"과자, 가득 차기 시작했어."

미야가 천 주머니를 들여다봤다. 점점 과자가 차고 있었다.

"다음은 저기다냥."

마히루가 가리켰다.

"켁."

그 앞에는 사무소와 하나가 된 대저택이 있었고, 시모무라 건설이라 적힌 간판이 큼지막하게 걸려있었다.

"그, 그럼 난 여기서 기다리고 있을 테니까."

"유우 오빠도 가."

미야가 빗자루로 내 엉덩이를 때렸다.

"히카리 씨한테도 보여줘요. 안 가면 물어버릴 거예요."

"······알았어."

마히루와 아사카에게 양손을 잡혔고 미야가 앞장섰다.

"""트릭 오어 트릿."""

"아~, 얘들아."

히카리가 맞이해줬다. 시모무라가는 건설 회사를 운영하는 모양이라 겐도지 정도는 아니긴 해도 상당한 대저택이다. 히카리는 가장을 하지 않고 평상복 그대로였다.

"귀여워라, 어라, 마히루, 그거 혹시 고양이귀 메이드?!"

"그렇다냥."

"귀여워~."

"냐냣."

히카리는 마히루를 안아 올려 볼을 비볐다. 살랑살랑 꼬리가 흔들리고 방울 소리가 딸랑딸랑 울렸다.

"과자를 안 주면 장난을 칠 거예요."

"아사카는 뱀파이어고 미야는 마녀구나. 두 사람도 귀여워어. 응 응, 그래서 거기 있는 잭 군은? 대충 예상이 되지만."

"……나야."

탈을 벗었다. 설마 동급생 앞에서 이런 꼴을 보이게 될 줄이야.

"우와…… 아리츠키, 의욕 넘치네."

히카리는 약간 기겁한 듯이 말했다.

"아니거든, 절대로 내가 원해서 입은 게 아니거든."

"하지만 할로윈이라고 잭 오 랜턴 코스프레라니, 색다른 맛이 없다고 해야 할까, 너무 안이해."

"아니라니깐, 이건 준비돼 있던 거라——"

난 필사적으로 변명했다. 아이를 대상으로 하는 동네 이벤트에 희희낙락해서 참가했다고 여겨지면 골치 아프다.

"아~, 뭐, 그런 걸로 해둘게. 아, 그렇지, 과자."

히카리는 그렇게 말하고 작은 꾸러미를 세 사람에게 건넸다.

"좋은 냄새가 나요."

"안에 든 건 쿠키니까 부서지지 않게 조심해."

"""네~.""""

히카리에게 과자를 받고 시모무라가를 뒤로 했다.

"아, 아리츠키. 잠깐만."

"엉?"

히카리가 팔랑팔랑 뛰어왔다.

"자, 이거"라면서 쿠키 꾸러미를 건네줬다.

"아니, 난 됐어. 그냥 애들 돌보는 거니까."

"됐어 됐어, 축하 선물이야."

그렇게 말하고 히카리는 윙크했다.

**축하 선물……! 아~, 땡큐."

"그럼 또 학교에서 보자."

"그래."

2

"풍작이네, 풍작이야."

건방진 꼬맹이들은 빵빵해진 천 주머니를 안고 귀로에 올랐
다. 이후에는 약속도 안 했으면서 내 방에서 과자 파티를 한다고
한다.

"많이 받았네…… 아, 냥."

"무, 무거워요."

"유우 오빠, 들어줘~."

"어쩔 수 없네."

쭈그려 앉아서 미야에게서 천 주머니를 받은 그 순간,

""에잇.""

"앗."

시야가 암전됐다. 아, 앞이 안 보여.

"아하하하하!" 하고 건방진 꼬맹이들의 웃음 소리가 들린다. 무슨 짓을 한 거지.

"뭐, 뭐야."

참지 못하고 탈을 벗었다.

"걸렸다냥."

"성공이에요."

보니까 눈구멍을 만들기 위해 도려낸 부분이 눈구멍에 박혀있었다.

미야가 날 끌어들이고 마히루와 아사카가 뒤에서 몰래 다가와 끼웠을 것이다. 탈을 쓰고 있으면 사각이 너무 많아서 전혀 못 알아챘다.

"깜짝 놀랐어~?"

미야가 천진난만한 목소리로 말했다.

"깜짝 놀랐어~, 가 아니라고."

미야의 볼을 옆으로 쭈욱 잡아당겼다.

"위험하잖아."

"이안 이안."

"나 참."

"진정해 진정해, 과자 나눠줄 테니까"라고 말하는 마히루.

"유우 오빠, 빨리 집에 가요."

"어쩔 수 없는 녀석들이야."

셋은 밤거리를 달려나갔다. 그 뒷모습을 바라보면서 나도 서둘렀다.

그건 그렇고 이 꼬맹이 녀석들, 과자를 줬는데 장난을 치는 건 **규칙 위반** 아닌가? 좋다. 나도 장난을 쳐주지.

취직하기 위해 내년 봄에 상경한다는 건 이사 당일까지 비밀로 해주지.

이 녀석들의 놀라는 얼굴이 기대된다.

건방진 꼬맹이 로켓 발사

1

"다녀왔습니다~."

"어서 와."

어머니가 카운터 안쪽에서 말했다. 집에 돌아오니 언제나처럼 건방진 꼬맹이 3인조가 테이블 하나에 자리 잡고 있었다. 간식을 먹으면서 게임을 하고 있었던 모양이다.

"유우 오빠."

제일 먼저 내가 온 걸 알아차린 아사카가 달려왔다. 뒤늦게 미야와 마히루도 다가왔다. 이제 11월인데 셋 다 반팔에 미니스커트를 입고 있으니 놀랍다. 난 와이셔츠 위에 스웨터를 입고 있는데.

"오늘은 대단한 걸 가져왔어."

미야가 장난스러운 웃음을 지었다.

"대단한 게 뭐야?"

"후후후, 뭐일 것 같아요?"

아사카가 내 오른팔에 매달리면서 올려다봤다.

"보면 분명 놀랄 거야"라며 마히루는 가슴을 폈다.

"유난히 자신만만하네."

"놀라 자빠져도 모른다."

미야는 그렇게 말하고 씨익 웃었다. 이거야 원, 오늘은 뭘 같이 하게 되는 거지?

"일단 짐 두고 올 테니까 기다려."

2층에 올라가 통학용 가방을 방에 뒀다. 교복을 벗고 검은 후드티와 청바지로 갈아입었다. 기다릴 수 없었는지 우당탕탕 발소리가 들려왔다. 정말이지, 어떤 걸 가져온 거야?

마히루가 제일 먼저 방에 들어왔다. 그 손에는 매직으로 빨갛게 칠해진 페트병이. 마히루는 그걸 높이 들고 말했다.

"유우 오빠, 이거 봐!"

"그게 뭐야?"

"로켓이야."

"로케엣?"

미야와 아사카도 각자 페트병을 안고 있었다.

어디에든 있을 법한 500밀리리터 사이즈 페트병이다. 속은 빈 것 같았고 아사카는 하늘색, 미야는 검은색으로 표면을 빈틈없이 칠했다.

"오늘 미술 시간에 만들었어요."

"로켓 말이지."

아사카의 로켓에는 하트와 별이 그려져 있었다. 뭐, 형태는 그럴듯하지만 이런 걸 어떻게 날릴 생각이지? 설마 손으로 던지는 것도 아닐 테고.

그런 내 의문을 알아차렸는지 미야가 어떤 것을 보여줬다.

"이걸로 날리는 거야."

그건 나무판을 짜 맞춰서 만든 발사대였다. 길쭉한 세 개의 판을 ㄷ자로 짜 맞추고 바닥 부분에는 네모난 판이 부착되어 있었다. 그 반대편 끝부분에는 고무줄이.

그렇군, 이 고무줄에 페트병을 세팅하고 바닥까지 당겨서 얻은 장력을 이용해 위로 날리는 건가.

"이건 로켓 발사 장치."

미야는 고무줄을 팅팅 튕겨 보였다.

"오오, 뭔가 심플하네."

로켓이라는 것은 스스로의 질량 일부를 분사하여 그 반동으로 반대 방향으로 나아가는 비행체이니 엄밀하게는 이건 로켓이라기보다는 캐터펄트지만, 꼬맹이들에게 그런 설명을 한다고 해도 의미 없다. 본인들이 즐거우면 그걸로 된 거다.

"엄청 잘 날아가."

"빨리 가자."

"가요."

"알았어 알았어. 잠깐 기다려."

최근에 감기 기운이 있는 나는 마스크를 쓰고 밖으로 나왔다.

2

근처 공원의 한구석, 되도록 사람이 적은 곳을 로켓 발사 장소로 골랐다.

"좋~아, 유우 오빠, 잘 봐."

미야는 바로 페트병 로켓을 발사 장치에 세팅했다. 페트병의 아랫부분을 고무줄 위에 얹고 그대로 아래로 쭈욱 잡아당겼다.

"가라, 블랙 나이트호. 에잇."

퐁 하는 경쾌한 소리와 함께 페트병이 쏘아 올려졌다. 검은 로켓은 일직선으로 하늘을 가로질렀다. 생각했던 것보다 높이 나네. 눈대중이지만 5미터는 날지 않았을까.

"호~, 꽤 잘 나네."

"대단하지."

떨어진 로켓을 회수하고 미야가 말했다.

"대단해 대단해, 상상 이상이야."

"유우 오빠, 제 것도 봐주세요."

이번에는 아사카가 페트병을 쏘아 올렸다.

"어땠어요? 봤어요?"

"봤어, 대단하네."

"에헤헤."

"내 것도 엄청 잘 날아."

마히루는 다리를 크게 벌리고 쭈그려 앉아 양손으로 발사대를 눌러 안정시켰다.

"으랏."

빨간 로켓이 힘차게 하늘을 가로질렀다. 6미터는 날지 않았을까? 바로 옆에 있는 나무보다 더 높은 곳까지 날았다고.

"우오오, 어, 엄청 높이 날잖아."

"흐흥, 그러니까 말했잖아?"

마히루는 콧바람을 불며 자랑스럽다는 듯이 가슴을 젖혔다. 확실히 이 녀석들이 자랑하고 싶어 할 만하네.

"유우 오빠, 다음은 내 거 봐."

"그래."

그렇게 퐁 퐁 쏘아 올려지는 로켓. 이 얼마나 평화로운 놀이인가.

"아~, 너희들 이웃집에 맞지 않도록 해야 한다?"

이곳은 공원 끄트머리. 부지를 둘러싸듯이 늘어선 나무 너머는 작은 울타리로 구획이 나뉘어져 있으며 그 너머는 주택가다.

"알고 있다니깐~."

그렇게 주의한 순간── 미야가 쏘아 올린 것과 거의 동시에 강한 바람이 불었다. 아무리 로켓이라 해도 결국 페트병이다. 바람에 날려 궤도가 크게 틀어졌다.

"아! 블랙 나이트호가~."

블랙 나이트호는 일그러진 곡선을 그리며 나무 속으로 추락했다. 떨어지지 않는 걸 보니, 나뭇가지에 걸려버린 것 같았다.

"으앙~."

미야는 나무 바로 아래로 가서 위를 올려다봤다.

"어딨지?"

"미야, 저기."

아사카가 가리켰다.

미야의 로켓은 높이 4미터 정도의 나뭇가지에 끼어있었다.

"아아!"

4미터. 아이들에게는 절망적인 높이다.

"내 로켓이이."

미야는 코멘소리를 내며 눈이 살짝 촉촉해지기 시작했다.

"괘, 괜찮아, 내가 올라가서 가져와 줄게."

마히루가 줄기에 달려들었지만 초등학교 1학년 여자 아이의 키로는 가지까지 손이 닿지 않아 오르지 못했다.

"우으, 블랙 나이트으."

"돌 같은 걸 맞히면 떨어질지도."

"아~, 아사카, 위험하니까 그건 하지 마."

"그치만……."

"나 참, 너희들 비켜봐."

""""유우 오빠?""""

"미야, 울지 마."

미야의 머리를 마구 쓰다듬었다.

"아, 안 울거든."

미야는 손바닥을 눈에 대면서 말했다.

"너희들, 거기서 기다리고 있어."

"올라갈 수 있어?"라고 묻는 마히루.

이래봬도 나무 타기는 잘한다. 유치원 때는 유치원 안에 있는 나무란 나무에는 다 올라가서 나무 타기 놀이 금지령이 발령되게 만든 아리츠키 유우라고?

"웃차."

줄기에 달라붙어 가지 밑 부분에 손을 댔다. 가볍게 흔들어 체중을 실어도 괜찮다는 것을 확인하고 단숨에 몸을 끌어올려 위로 나아갔다.

"우와아, 유우 오빠, 대단해~."

마히루가 감탄해서 소리쳤다.

"미야, 기운 내. 유우 오빠가 가져와 줄 거야."

"응."

나뭇잎이 따끔따끔 아프니 후드티의 후드를 뒤집어썼다.

로켓이 있는 곳까지 조금만 더 가면 된다.

"영차."

블랙 나이트호는 가는 나뭇가지가 갈라지는 부분에 껴있었다. 뚜껑 부분을 잡고 잡아당겼다. 바스락바스락 나뭇가지가 흔들려 나뭇잎이 떨어졌다.

"후우, 잘 건졌다."

"우와아, 유우 오빠, 고마워~."

미야가 만세를 하며 펄쩍펄쩍 뛰었다.

"유우 오빠, 대단해~."

"대단하네."

좋아 좋아, 이제 아래로 내려가기만 하면 된다. 그때──.

"건졌다고?"

바로 옆에서 차가운 목소리가 들렸다.

"에?"

그 방향으로 눈을 돌리니, 거기에는 이웃집의 창문이 있었고
반라의 미녀가 겁먹은 표정으로 이쪽을 보고 있었다. 옷을 갈아
입는 중이었던 모양인지 형광색 속옷과 셔츠 한 장 차림이었다.

우리 사이에서 무언의 시선이 오갔다.

"아니, 그러니까……."

등줄기가 오싹해졌다.

"너 뭐 하는 거야. 건졌다니 뭘 건진 거야."

"뭐?"

난 스스로의 복장을 다시 생각했다.

검은 후드티의 후드를 뒤집어쓰고 감기 예방을 위한 마스크를
쓰고 있다. 그리고 손에는 검은 페트병. 만약 이 검은 덩어리가
상대방의 눈에 카메라로 보였다면…….

큰일이다, 도촬범으로 착각했을지도 모른다.

"아니, 그게 아니에요. 전 그저."

"이 변태!"

여자는 화난 얼굴로 커튼을 쳤다.

"어~이, 유우 오빠, 왜 그래?"

"빨리 내려와."

"위험하다구요?"

"아, 아니에요. 이건 그냥 페트병이고 나무에 걸린 걸 건지려
고 했을 뿐이고——"

난 커튼이 쳐진 창문을 향해 필사적으로 변명했다.

"딱히 이상한 목적은 없어요."

오, 오해야. 아니라고오오오오오오.

*

그 후, 바로 경찰이 왔지만 꼬맹이들 및 자초지종을 목격한 아
이와 함께 온 아주머니의 증언으로 오해는 어떻게든 풀렸다.

1

8월 10일.

아침부터 〈문 나이트 테라스〉에 온 난 노트북을 열고 집필 작업에 착수했다. 오늘은 미소라의 친구들이 집에 놀러 와서 시끄러워 집중할 수가 없다.

정말이지 왜 아이들은 아침부터 저렇게 기운이 넘치는 걸까. 내가 어렸을 때는 좀 더 차분했는데.

"이런이런, 이래서 애들은."

발랄한 팝송이 흐르는 가게 안. 냉방이 돼 있어서 시원하다. 문을 연 직후이기도 해서 손님은 나밖에 없다. 훌륭한 환경이다.

"오, 미야, 공부해?"

아이스 카페오레를 가져온 유우 오빠가 화면을 들여다봤다.

"아니야, 전에 쓰던 미스터리. 꽤 많이 진행됐어. 지금 5만자 정도 썼으려나."

"어?! 벌써 그렇게 썼어? 그럼 슬슬 완성되는 거야?"

"음~, 지금은 제2 살인사건이 일어나서 탐정이 범인을 찾기 시작했어."

유우 오빠와 내가 구상한 추리소설은 상당한 장편이 될 것 같다. 이 상태라면 20만자 가까이 될 것 같은 예감. 평소에는 단편만 쓰니까 신선해서 즐겁다. 이렇게 계속 쓰면 여름 방학이 끝날 무렵에는 완성될지도.

그 후로 한동안 집필에 몰두했고, 정신을 차리고 보니 벌써 정오 전이었다. 점심 휴식을 하자. 난 나폴리탄을 주문했다. 10분 정도 지나 요리가 왔다.

"그래서 말이야, 이렇게 큰 텐트가 8만엔이나 했어."

"흐음."

유우 오빠는 나폴리탄을 먹는 내 옆에서 양팔을 쫙 펼쳐 보였다.

"캠핑이라. 가고 싶네."

난 그 정경을 상상했다.

넷이서 캠핑. 별이 가득한 하늘 아래서 모닥불을 둘러싸고 커피를 마시면서 졸릴 때까지 넷이서 수다를 떨고, 아침에 일어나면 후지산 자락에서 떠오르는 아침 해에 졸음이 싹 사라진다. 새소리가 바람을 타고 나무들을 지나며 맑은 공기가 몸을 깨끗하게 해주는 것이다.

좋다. 아주 좋다.

"그치만 유우 오빠, 우리 셋이랑 같은 텐트에서 자는 건 안 되지 않아?"

"아, 아니, 그 사이즈를 산다는 말은 안 했잖아. 일단 내가 쓸 작은 거랑 너희 셋이 잘 수 있는 사이즈로 두 개를 사는 게 좋을 것 같아. 그리고 텐트가 아니라 캠핑카나 산장에서 잔다는 선택지도 있어. 난 신경 안 쓰지만 너희는 일단 여자애니까. 목욕탕 같은 건 있는 편이 좋잖아."

"아~~, 한여름이니까 목욕은 하고 싶지. 그보다 일단이라는 말은 쓸데없는데."

"미안 미안."

"산장도 좋네."

다락방에 다 같이 모여서 창밖으로 별이 가득한 하늘을 바라보는 것도 정취가 있다.

"조사해보니까 꽤 적당한 가격에 빌릴 수 있는 것 같아."

"흠~."

그때 딸랑딸랑 하고 도어벨 소리가 났다.

"아, 아사카다."

"오, 아사카."

"안녕하세요."

챙이 넓은 하얀 모자를 쓰고 연두색 원피스를 입어 아가씨 느낌이 가득한 차림이었다. 오른손에는 접은 양산을 들었고, 다른 한 손에는 종이봉투를 들고 있었다.

"안은 시원하네요."

아사카는 그렇게 말하고 가슴팍에 팔랑팔랑 바람을 부쳤다.

"걸어왔어?"

"네, 이ㅇ에 들렀다가 왔어요."

"더웠지. 뭐 마실래?"

"그럼 멜론 플로트를."

아사카가 내 맞은편에 앉고 양산과 종이봉투를 옆에 있는 의자에 뒀다.

"미야, 공부하는 거야?"

"아니, 소설을 쓰고 있어."

"……공부 안 해도 돼?"

"공부도 제대로 하고 있어."

추리소설을 공동으로 쓰고 있다는 것을 설명했다.

"와아, 좋겠다. 꼭 두 사람의 아이 같아."

아사카는 불쑥 터무니없는 소리를 했다. 나도 모르게 카페오 레를 뿜을 뻔했다.

"자자자잠깐만, 아이라니, 이상한 소리 하지 마."

"이상한 뜻이 아니야. 유우 오빠가 생각하고 미야가 구체화하니 두 사람의 아이 같은 거잖아. 나도 유우 오빠랑 뭔가 만들고 싶어."

"지금 멜론 플로트 만들고 있으니까 도와주는 게 어때?"

"정말, 그런 게 아니야."

아사카는 볼을 불룩하게 부풀렸다.

"근데 그 종이봉투는 뭐야?"

아까부터 궁금했다. 이○에 들렀다고 오는 길이라고 하니, 거기서 샀을 것이다.

"아아, 이거?"

아사카는 종이봉투를 테이블 위에 뒀다. 꽤 크네.

"자, 멜론 플로트 기다렸지. 뭔가 큰 걸 샀네."

"아, 유우 오빠도 볼래요?"

아사카가 꺼낸 것은 고급스러워 보이는 상자였다.

"뭐야 그게…… 아니, 아사카 그건!"

유우 오빠가 굳은 표정을 보였다. 안을 확인해보니 두 개의 머그컵에 담겨 있었다.

"와아, 예쁘잖아."

하나는 빨간색, 또 하나는 파란색 하트가 눈을 끄는 목제 머그컵.

"너, 너, 이거…… 진짜로 샀냐."

"우후후, 어제 몰래 주문해뒀어요. 이거 봐요, 가공도 하루 만에 해줬어요."

가공? 그리고 유우 오빠의 반응도 신경 쓰인다. 그냥 머그컵에 왜 이렇게까지 과민 반응을…….

"에~, 뭐야?"

난 머그컵에 시선을 되돌렸다.

"응?"

잘 보니 알파벳이 새겨져 있다는 것을 알아차렸다.

빨간 하트 아래에는 'ASAKA'. 파란 하트 아래에는 'YU'.

"이거 설마……."

커플 컵……?

"유우 오빠!"

"아니야. 난 하지 말자고 했어."

"설명을 요구한다!"

"유우 오빠, 이제 밤하늘 아래서 커피를 마실 수 있겠네요."

아사카가 활짝 웃었다.

"아사카, 어떻게 된 거야."

"어제 아웃도어 샵에 가서 텐트랑 작은 도구랑 이것저것 구경했어. 그런데 가게 사람이 우리를 커플이라고 착각해서 이름을 새겨서 커플 컵으로 만들 수 있다고 하니까."

"그렇다고 해서 진짜로 새겨?"

이러면 꼭 연인, 아니 신혼부부 같잖아.

"나도 모르게, 기념으로."

……이 젖탱이 안경, 드디어 본성을 드러냈나. 오래전부터 유우 오빠를 대할 때의 태도가 이상하다 생각했다. 어릴 때처럼 유우 오빠랑 찰싹 달라붙고, 손을 막 잡고 싶어 하고…….

10년 만에 유우 오빠를 만난 기쁨에 기분이 좀 들떴을 뿐인 줄 알았는데, 설마 유우 오빠를 그런 눈으로 보고 있었나?

끝내는 커플 머그컵을 만들어서 퇴로를 막다니.

"유우 오빠도 갖고 싶어 했잖아요."

"유우 오빠?"

"아니, 난 나무 머그컵을 갖고 싶었을 뿐이지, 이름이 들어간 건 딱히…… 그보다 아직 캠핑 가는지도 안 정해졌으니까 사는 건 보류했다니깐."

"에헤, 사버렸다."

"사버렸다, 가 아니야. 그보다 그냥 넘어갔는데, 뭐야? 어제 둘이서 외출했어?"

"뭐, 그렇지."

"미야는 오픈캠퍼스에 가고 마히루는 합숙이었으니까, 단둘이서 이것저것 하면서 놀고 왔어. 후지산을 드라이브하기도 하고 이ㅇ에서 쇼핑하기도 하고, 아, 그렇지 강아지── 읍읍."

유우 오빠가 아사카의 입을 막았다.

"바보야, 그건 안 돼."

"으읍~."

뭐지?

지금 뭔가 강아지 어쩌고 라고 들렸는데. 그보다 이 젖탱이 안경, 아까부터 가만히 듣고 있으니까 꽁냥댄 걸 자랑하고 말이야. 어릴 때부터 유우 오빠한테 어리광부리고 싶어 하고 물리적으로 거리감이 가까웠는데, 어른의 몸으로 성장해도 여전히 그 공략법을 관철하다니. 당당하다고 해야 할까, 주위의 눈을 전혀 신경 안 쓰는 그 자세는 경탄할 만하지만.

그보다 내가 아는 아사카는 좀 더 이지적인 어른 여성이었는데, 유우 오빠 앞에선 왜 이렇게 어린애 같아지는 거지?

"푸핫, 정말, 유우 오빠도 미야도 뭔가 이상한 착각 하고 있지 않아요?"

아사카는 작게 한숨을 쉬었다.

"어어?"

"이건 딱히 커플 컵이 아니에요. 봐요."

아사카는 종이봉투에 손을 넣었다.

"앗."

"오."

그렇게 그녀가 꺼낸 것은 똑같은 상자였다. 뚜껑을 여니, 거기에는 두 개의 머그컵이.

"이건 미야랑 마히루 거예요."

노란 별이 그려진 컵에는 'MIYA', 하얀 태양이 그려진 컵에는 'MAHIRU'라는 글자가 있었다.

"와아, 대단해~."

"뭐야, 다른 애들 것도 제대로 샀냐."

"정말, 지레짐작은 곤란해요."

아사카는 미간을 찌푸리고 화난 표정을 만들어 보였다.

"미안해, 아사카."

"괜찮아요. 어때, 미야?"

"고마워, 아사카. 미안해, 이상한 착각을 해서. 우리 것도 다 있었구나. 커플 컵인 줄 알아서 그만——."

그렇지. 아무리 그래도 연인도 아닌데 커플 컵 같은 건 안 만들겠지. 그건 그렇고 우리 네 명의 이름이 들어간 똑같은 머그컵이라니, 이 얼마나 멋진가.

"알아줬으면 됐어."

"아사카, 네 명분이나 만들고 돈은 괜찮아? 내가 대신 낼게."

"괜찮아요. 마음만 받을게요. 그보다 이젠 캠핑 갈 수밖에 없겠죠?"

"맞아 유우 오빠, 캠핑 가고 싶어~!"

"알았다니깐. 하지만 마히루한테도 물어봐야지."

"오늘은 합숙이 끝나는 날이라 엄청 피곤하니까 계속 잘 거라고 했어."

"나중에 라인 해둘까."

"아 그래, 아사카는 텐트랑 산장 중에 어느 쪽이 좋아?"

내가 물었다.

"음~, 어느 쪽이냐 하면, 텐트이려나."

"땀이 많이 날 건데, 목욕 안 하고 싶어?"

"텐트에서 자는 게 더 캠핑 느낌이 나잖아."

"그건 그렇지만."

그래도 유우 오빠랑 같이 있는데 땀 냄새 나는 채로 대하는 건 좀.

"뭐, 그건 마히루도 같이 이야기해서 정하자."

"그렇네."

"알겠어요."

우후후, 캠핑이라.

기대된다.

＊

"으음."

녹초가 돼서 움직일 기운조차 없다.

아무리 그래도 한여름에 2박3일 지옥 합숙은 너무 힘들다고. 오늘 아침에 아침을 먹고 해산해서 아까 집에 돌아온 참이다. 좀 더 침대에서 자고 싶구나.

벌써 오후인가.

오늘은 쭉 침대 위에서 뒹굴거리자. 가끔은 이런 날이 있어도 괜찮겠지. 그때, 라인 알림 소리가 울렸다. 누구일까. 스마트폰을 확인하는 것도 귀찮네.

마지못해 스마트폰에 손을 뻗었다.

"아, 유우 오빠."

난 벌떡 일어나 라인을 켰다.

'합숙 수고했어. 일어나 있어?'

'일어나 있어.'

'갑작스럽긴 한데, 캠핑 안 가고 싶어?'

갑자기 무슨 소리지?

'캠핑?'

'그래.'

아무래도 다 같이 캠핑을 가자는 이야기가 나온 것 같다. 네 명의 이름이 들어간 머그컵까지 준비한 모양이다. 성격도 참 급해.

유우 오빠가 그 사진을 보냈다.

"응?"

각각 마크가 있었고 그 아래에 이름이 로마자로 새겨져 있었다. 미야는 별. 난 태양. 그리고 유우 오빠와 아사카는 하트.

"뭐야 이거, 커플 같잖아."

이 컵은 아사카가 주문했다고 한다. 유우 오빠와 아사카가 하트 마크인 건 **우연**이겠지만.

……설마.

2

8월 15일.

쨍쨍하게 내리쬐는 태양. 폭신한 구름이 떠도는 파란 하늘. 뒤쪽의 잡목림에서는 새가 우는 소리가 새어 나왔다. 푸르른 잔디가 펼쳐진 평탄한 토지.

"날씨 좋다."

난 기지개를 쭉 켜고 가슴 한가득 공기를 마셨다. 서쪽에 우뚝 솟은 후지산 바로 위에 태양이 떠 있었다.

"좋은 곳이네."

마히루도 차에서 내려 똑같이 기지개를 켰다. 풍만한 가슴이 위를 향했다.

"오오, 옆에서 봐도 크네, 후지산."

큰 건 네 산이잖아, 라고 딴지를 걸면 성희롱이 될 것 같으니 하지 말자.

"음~, 바람이 상쾌해."

마히루는 하얀 티셔츠를 배까지 걷어 올려 옆으로 묶은 배꼽티 스타일이다. 아래로는 7부 기장에 딱 붙는 청바지에 샌들을 신었다. 그리고 왼쪽 손목에는 트레이드마크인 검은 리스트밴드가.

"미야, 도착했어. 일어나."

"흐에?"

미야와 아사카가 뒤늦게 내렸다.

"넓네요."

아사카는 얇은 민소매 위로 서머 카디건을 걸쳤다. 검은 반바지에서 뻗어 나온 허벅지는 놀라울 만큼 하얬다.

"아흐으, 벌써 도착했어?"

"얼마 되지도 않는 거리인데 잘 자네."

후지노미야 시가지에서 여기까지 30분도 안 걸렸는데. 내가 놀라면서 말하자 미야는 눈을 쓱쓱 비볐다.

"어제는 늦게까지 공부했는걸."

미야는 밀짚모자를 쓰고 하늘색 블라우스에 하얀 스키니 바지를 맞춰 입어 시원한 옷차림을 하고 있었다.

우리는 동네 북서부에 펼쳐진 아사기리 고원에 있는 어느 오토캠핑장에 와있었다. 캠핑장에 와서 할 것이라고 하면 물론 캠핑밖에 없을 것이다.

오른쪽을 봐도 왼쪽을 봐도 텐트와 캠핑카가 여기저기 흩어져 있었다. 절호의 캠핑 시즌이라 꽤 붐빌 줄 알았는데 이용객은 그리 많지 않은 듯했다. 이용객이 적어야 공간을 넓게 쓸 수 있으니 고마운 일이다.

"좋아, 그럼 후딱 설치해버릴까."

너무 더워지기 전에 설치를 시작했다.

차── 캠핑카에서 짐을 내렸다. 이건 우리가 캠핑을 하러 간다는 걸 안 하나요시 씨가 호의로 빌려준 차다. 내 시빅으로는 옮길 수 있는 짐이 적어 마음을 써준 것 같았다. 화장실과 샤워실 등의 설비도 딸려있어서 무척 고마웠다.

게다가 이번 캠핑에서 쓸 텐트와 도구와 식품류, 침낭 등도 하나요시 씨가 일부 준비해줬다. 다음에 만날 때 꼭 고맙다고 인사해야겠다.

"그리고 보니 유우 오빠는 텐트 칠 수 있어? 괜찮아?"

마히루가 불안하다는 듯이 물었다.

"이런 이런 마히루 양, 날 얕보면 곤란하다고. 난 보이스카우트 경험자라고?"

"그래?"

초등학교 시절, 할아버지가 보이스카우트 대장을 했던 인연으로 컵스카우트에 참가했고, 그대로 중학교 3학년 때까지 보이스카우트로 활동했다. 주말에는 폐품 수거와 하이킹에 힘쓰고 여름이 되면 후지산 주변의 캠핑장에 가서 2박 3일 정도의 캠핑 활동을 했다. 참고로 그 단의 컵스카우트 대장은 미야의 외할아버지——현재는 고인이 되셨다——였는데, 그녀는 그 사실을 알고 있을까.

"의외일지도."

"그늘이 좋으니까 저 주변으로 할까."

숲의 나무가 뻗쳐 있어 그늘진 곳에 텐트를 치기로 했다. 아무래도 이 녀석들과 같은 텐트에서 잘 수는 없으니 미야, 마히루, 아사카가 쓸 3인용과 나 혼자 쓸 텐트로 둘로 나눴다. 전부 3, 4명은 여유롭게 들어갈 수 있는 크기다. 그래서 내 텐트는 여유가 꽤 있으니 비어있는 공간은 짐을 두는 곳으로 쓰자.

가능한 한 평평한 곳에 시트를 깔고 그 위에 텐트를 펼쳤다. 그리고 텐트의 골격이 되는 폴을 조립했다.

"미야, 폴은 당기면 빠지니까 밀듯이 움직여."

"이, 이렇게? 그보다, 무거워……."

보다 못한 마히루가 도왔다.

"자, 잡아줄게."

"고마워, 마히루."

두 개의 폴을 텐트 안으로 교차시키듯이 통과시켜 입체적인 형태가 되도록 세웠다. 텐트를 세운 뒤에는 팩을 박아 단단히 고정한다.

"아, 마히루. 팩은 폴 쪽을 향해서 교차시키듯이 박아. 그렇게 안 하면 땅에 고정이 안 되니까."

"알았어. 뭔가 아웃도어라는 느낌이라 재밌네."

"유우 오빠, 이쪽도 다 박았어요"라며 아사카가 반대쪽에서 말했다.

마지막으로 플라이를 씌우고 이것도 고정한다.

"좋아, 완성."

우선은 이 녀석들이 쓸 텐트 설치가 끝났다.

"후우, 의외로 간단했네."

미야는 아무렇지도 않은 듯이 말하고는 그대로 텐트 안에 들어가 뒹굴거리기 시작했다.

"넓다~. 그러고 보니 나 텐트는 처음일지도~."

"정말이지, 저 녀석들은 아무리 시간이 지나도 꼬맹이네. 아사카, 내 텐트도 하나 더 들고 와줘."

"네."

"있잖아 있잖아, 이제 침낭 펴도 돼?"

미야는 얼굴만 밖에 내놓고 물었다. 첫 캠핑에 마음이 아주 들뜬 것 같다.

"괜찮은데, 먼저 안에 있는 통풍구 열어둬. 더워서 산소가 부족해질 거야."

"네~."

입구와 통풍구는 메쉬로 되어 있어서 안에 시원한 바람이 들어가고 방충도 된다. 그렇게 두 개의 텐트 설치를 끝냈다.

"유우 오빠, 땀이 엄청 나요. 물 마실래요?"

"땡큐, 아사카."

차가운 물이 목에 스몄다. 더운 와중에 한 노동으로 땀을 많이 흘렸지만, 아직 쉴 수는 없다. 다음은 타프를 설치해야 한다. 이건 접힌 것을 펼치기만 하는 원터치식이라 금방 설치할 수 있었다.

"오오, 뭔가 분위기 나기 시작했네"라고 말하는 마히루.

타프 아래에 접이식 테이블과 팔걸이의자를 펼치고 아이스박스와 주방용품 등을 날랐다.

"유우 오빠, 이건 어디에 두면 되나요?"

"그건 저기 있는 테이블 위……."

저그스탠드 위에 오래된 라디오 카세트를 두거나 주변에 있는 큰 돌을 쌓아 화덕을 만들어보는 등, 이런 한정된 공간에서 배치를 생각하는 건 어쩐지 비밀기지를 만드는 것 같아서 즐겁다.

"후우."

이제 겨우 일단락됐네. 테이블 위에 놓인 목제 아날로그 시계는 10시 30분을 가리키고 있었다.

……아직 10시 반인가.

시간의 흐름이 느리게 느껴지는 건 개방적인 곳이기 때문일까. 일을 할 때 시간이 느리게 느껴지는 건 최악이지만, 이런 레저를 한창 즐기고 있을 때라면 환영이다.

아이스박스를 열어 스포츠 드링크를 꺼냈다. 하나요시 씨는 꽤나 마음을 써줬는지 아이스박스 바닥에는 캔맥주와 츄하이 등의 주류가 풍부하게 있었다.

아니아니, 나 혼자서는 이렇게 못 마신다고……

후지산을 향하고 있는 팔걸이의자에 앉았다.

"평화롭구나."

언제든지 보이는 후지산이지만, 오늘은 왠지 느낌이 달라 보였다. 나도 오랜만에 하는 캠핑——그것도 저 녀석들이랑 같이——에 흥분한 것일지도 모른다.

불어오는 바람이 기분 좋다. 이 평화로운 시간이 언제까지나 계속됐으면 좋겠다.

"미야는 아직 텐트 안에 있나."

"불러올게요."

아사카가 종종걸음으로 텐트로 향했다.

"유우 오빠, 점심은 어떡할래?"

마히루가 한 손에 콜라를 들고 옆에 있는 의자에 앉았다.

"응, 그렇네……."

식재는 넉넉하게 있다.

이 파란 하늘 아래서 이 녀석들과 같이 먹는 요리는 뭐든 맛있을 것이다.

"나, 오랜만에 유우 오빠가 볶은 야키소바가 먹고 싶어."

"그럼 야키소바 먹을까."

"헤헤, 아싸."

마히루는 아이처럼 웃었다.

"오오, 대단하다~. 비밀기지 같아."

미야가 텐트에서 나왔다. 신기하다는 듯이 두리번거린 후, 아이스박스에서 차를 꺼내 비어있는 의자에 앉았다.

"어라? 아사카는?"

"차에 갔어."

"차? 왜……."

그쪽으로 눈을 돌리자, 마침 캠핑카에 아사카가 들어가는 참이었다.

"화장실인가? 저기 안쪽에 공중화장실이 있는데."

"유우 오빠, 섬세함이라는 단어 알고 있어?"

마히루가 차가운 목소리로 말했다.

"끄응……."

아사카는 불과 수십 초 만에 나왔다. 화장실에 간 게 아니었던 것 같다.

"유우 오빠."

아사카는 카메라와 삼각대를 안고 있었다.

"이렇게 온 김에 다 같이 사진 찍어요."

"좋네."

마히루가 일어섰다.

그렇군, 기념사진인가.

오늘이라는 날이 언젠가 되돌아봤을 때 소중한 추억으로 남도록.

"좋아, 찍는다."

타이머를 세팅하고 난 셋이 있는 곳으로 서둘러 갔다. 넷이 한데 모여 후지산을 배경으로 한 장. 찰칵 하고 경쾌한 소리가 파란 하늘에 울렸다.

이렇게 우리의 캠핑이 시작되었다.

3

통통통, 하고 경쾌한 소리가 났다.

"흐흥~ 흥흥~."

앞치마를 두르고 나무 도마 앞에 선 마히루는 콧노래를 부르면서 손을 움직였다.

"흐~흐흥~, 흐흐흐흥~."

"마, 마히루, 너, 너너너, 양배추 썰 수 있냐……?"

경악스러운 광경이다.

"응? 지금 나 바보 취급당하고 있는 거야?"

익숙한 손놀림으로 양배추를 큼직큼직하게 썰어 모으는 마히루. 이 칼솜씨는 평소에 요리를 안 하면 익힐 수 없다고. 약간 돕는 정도라면 할 수 있을 것이라고 가볍게 생각했는데, 마히루의 조리 기술은 내 상상을 아득히 뛰어넘고 있었다.

"마히루는 요리 엄청 잘한다구."

미야가 가슴을 펴고 거만하게 말했다.

"……네가 으스대지 마. 그건 그렇고, 마히루가 말이지."

옛날에는 무와 딸기 조림 같은 걸 만들던 그 마히루가.

이, 이런. 눈시울이 조금 뜨거워지기 시작했다.

"왜 우는 거야?"

"아니, 양파 때문에 눈이 좀 따가워서."

"양파 같은 건 안 썼는데."

"난 신경 쓰지 마."

"자자, 다 됐어."

촌극 같은 대화를 하는 사이에 양배추의 산이 도마 위에 나타났다.

"좀 많이 썰었나."

"4인분이니 이 정도는 쓰겠지."

양배추는 야키소바의 생명이라 해도 과언이 아니다. 많아서 나쁠 건 없다. 바비큐 그릴 위에 철판을 갈고 라드를 발랐다. 검은 철판 위에서 하얀 라드가 눈처럼 녹아가는 모습은 정말 고혹적이다.

"마히루, 니쿠카스 줘."

"자."

난 주걱 끝부분으로 찔러서 니쿠카스를 쪼개나갔다.

"옛날에 자주 같이 야키소바를 만들었었지."

마히루가 야키소바 봉투를 뜯으면서 말했다.

"아, 교대로 너희를 안아 올리면서 만들었었지. 그립네."

우선 니쿠카스를 바삭바삭해질 때까지 볶는다.

"유우 오빠, 이쪽도 괜찮은 것 같아요."

아사카가 그릇을 가져왔다. 안에 든 것은 해동한 시푸드믹스다. 새우, 가리비 관자, 오징어 등등.

"땡큐 아사카."

"이제 넣어도 돼요?"

"그래."

이번엔 시푸드믹스를 투입했다. 좋은 냄새가 피어오르기 시작했다. 치익치익 하고 수분이 증발하는 소리가 듣기 좋다.

"뭔가 엄청 맛있을 것 같은 냄새가 나기 시작했어!"

종이 접시를 준비하던 미야가 이쪽으로 다가왔다.

노릇노릇해질 때까지 어느 정도 볶으면 큼직하게 썬 양배추를 투입하고 한 번 더 볶는다. 양배추의 숨이 죽기 시작하면 주인공인 면을 풀어 물을 흡수하게 한다. 소매로 판매하는 개별 포장된 면이 아니라 도매용인 큰 사이즈라서 몇인 분을 한꺼번에 팍팍 볶을 수 있다.

"아, 유우 오빠, 나도 볶는 거 하고 싶어."

"잠깐 기다려, 두 번째로 할 때 하게 해줄 테니까."

"네~."

"좋아~~, 얘들아 맨 처음은 무슨 맛이 좋아?"

오늘은 보통 소스와 소금 소스를 가져왔다.

"보통 소스."

"보통 소스."

"보통 소스요."

역시 처음엔 소스지. 다 볶은 첫 번째 야키소바를 종이 접시에 담았다. 참고로 철판 위에 남은 소스가 눌어붙은 자국은 주걱으로 긁어서 떼어내는 것보다 물을 부어 키친타월로 흡수하는 게 더 쉽게 떨어지니 추천한다.

"우와~, 맛있겠다."

"생선조림 가루 뿌릴 사람~."

"아, 마히루, 난 가다랑어포가 좋아."

"네네."

"유우 오빠, 맥주 마실래요?"

"그래."

아사카에게 캔맥주를 받았다. 아주 차가워서 손이 한순간 마비됐다. 미야와 아사카는 차, 마히루는 콜라를 골랐다.

"그럼 먹을까. 잘 먹겠습니다~."

"잘 먹겠습니다."

"잘 먹겠습니다."

"잘 먹겠습니다."

파란 하늘 아래에서 네 사람의 목소리가 겹쳐졌다.

＊

"이야, 잘 먹었다."

마히루는 만족스러운 듯이 배를 쓰다듬었다.

항상 신기하게 생각하는데, 저 날씬한 배의 어디에 먹을 게 들어가 있는 걸까. 점심으로 야키소바를 5인분은 먹었는데.

"왜? 유우 오빠."

"아니, 아무것도 아냐."

쓸데없는 말을 하면 또 혼날지도 모른다.

미야가 '있잖아'라고 말하며 어떤 물건을 들고 왔다.

"프리스비 하자."

식후 운동으로 딱 좋다. 텐트에서 나오니 햇빛이 가차 없이 쏟아졌다.

"더워도 기분 좋네요."

"그렇네."

"유우 오빠, 술 마셨으니까 너무 격하게 움직이면 안 돼요."

아사카는 그렇게 말하고 내 등을 어루만졌다. 가는 손가락이 간질간질했다.

"좋아~, 간다~."

10미터 정도의 간격을 두고 네 명이서 정사각형을 만들었다. 충분히 퍼진 것을 보고 미야가 프리스비를 날렸다.

"에잇."

──하지만.

"야, 어디로 던지는 거야."

어떻게 힘을 주면 그렇게 되는 건지, 미야가 던진 프리스비는 곡선을 그리면서 사각의 바깥쪽으로 비스듬히 날아갔다.

"어라?"

미야는 고개를 갸웃했다.

"맡겨둬."

마히루가 뛰기 시작했다. 땅을 걷어차듯이 힘차게 대시해서 순식간에 따라잡았다.

"홋."

프리스비는 엉뚱한 방향으로 날아갔지만, 마히루는 마치 처음부터 그 위치에 있었던 것처럼 아주 쉽게 캐치했다.

"……진짜냐."

"마히루, 대단해~."

"미야, 프리스비는 지면과 평행하게 던져야 한다구?"

"에헤헤."

그렇게 한동안 프리스비를 던지며 놀았다. 더운 와중에 운동을 해서 우리는 이미 지쳤지만, 햇볕은 전혀 약해지지 않았다.

"후우, 좀 쉬자."

스포츠 드링크로 수분을 보충하고 타프 아래로 돌아왔다.

역시 여름엔 그늘이 중요하다.

미소라와 아이들과 농구를 하는 건 대체로 아침이라 오랜만에 한낮의 태양 아래서 온몸을 움직이며 논 것 같은 느낌이 들었다. 어릴 때가 생각나지만 아무래도 체력은 그때에는 못 미치는

구나.

"나 잠깐 샤워하고 올게."

마히루는 그렇게 말하고 캠핑카가 있는 쪽으로 갔다. 나도 나중에 씻을까. 완전히 땀투성이다.

"아, 더워."

하지만 불쾌진 않다.

"유우 오빠, 부채질 해줄게요."

아사카가 옆에 웅크리고 앉아 부채로 부치기 시작했다.

"고마워."

"아니에요."

"기분 좋다."

안 된다. 한번 의자에 앉으면 더는 움직일 수 없다. 달아오른 몸에 불어오는 바람이 상쾌했다. 거기에 추가타를 가하듯이 수마가 얼굴을 비쳤다.

"아사카, 아이스크림 먹어도 돼?"

"미야의 목소리가 들렸다.

"돼."

"와~."

"음, 아사카, 지금 몇 시야?"

"1시 조금 넘었어요."

"그런가. 잠깐 낮잠 좀 잘게."

"알겠어요."

운동 좀 했다고 지쳐서 졸음이 오다니, 나도 나이를 먹었구나⋯⋯.

시야가 차차 희미해져 갔다. 눈꺼풀이 무거워지고, 그리고⋯⋯.

*

"마히루, 수건 둘게."

불투명한 유리문에 아사카의 그림자가 나타났다.

"땡큐, 아사카."

땀을 흘려 후련해졌다. 선크림과 벌레 기피제를 다시 바르고 타프로 돌아가니 유우 오빠는 의자에 기대 잠들어 있었다.

"지쳐서 잠든 것 같아."

아사카는 그렇게 말하고 팔걸이 위에 있는 유우 오빠의 손을 쓰다듬었다. 유우 오빠의 자는 얼굴, 귀엽구나.

"유우 오빠가 제일 신이 났었으니까. 어라, 미야는?"

아사카는 뒤에 있는 잡목림을 보고 말했다.

"숲 쪽으로 갔어. 아마 산책하러 간 게 아닐까."

"흐음."

아사카의 다른 한쪽 손에는 머그컵이 쥐어져 있었다. 아사카가 특별히 주문한 네 개의 똑같은 머그컵.

"마히루도 커피 마실래?"

"아니, 난 됐어. 아직 더우니까, 뭔가 차가운 걸⋯⋯."

난 아이스박스를 열고 콜라 캔을 꺼냈다.

시각은 오후 1시 반을 조금 넘은 참이다. 멀리 아이들이 간이 수영장에서 노는 그룹과 바비큐를 하고 있는 가족이 있었다.

각자의 행복이 이 캠핑장에 모여 있는 것이다.

나랑 미야랑 아사카, 그리고 유우 오빠.

넷이서 보내는 이 시간.

10년 동안 추구한 '지금'.

언제까지나 계속되어준다면, 난 그것만으로도 행복하다.

"꿀꺽, 푸하아."

톡 쏘는 탄산과 시원한 단맛이 최고다.

"마히루는 정말 콜라를 좋아하네."

"난 아마 콜라만 있으면 살아갈 수 있을 거야."

"과장이 심하네."

머그컵을 입으로 가져가는 아사카.

"……"

그때 아사카의 손에 있는 빨간 하트가 이상하게 존재감을 드러내는 것처럼 보인 건 내 기분 탓일 것이다.

"좋아, 시끄러운 두 사람이 없는 사이에 빨래하고 정리하자."

"그렇네."

나와 아사카는 식기와 조리 기구를 들고 취사장으로 향했다.

*

"으흐흐."

고요한 숲에 들새 소리가 울려 퍼졌다. 오른쪽도 왼쪽도 눈에 보이는 곳은 전부 푸른 경치.

난 나뭇잎 사이로 햇빛이 비치는 짐승들이 다니는 길을 걸으면서 숨을 들이쉬었다. 왠지 모르게 평소보다 공기가 맛있다는 느낌이 들었다. 오른편의 솟아오른 흙에 두꺼운 뿌리가 드러나 있었다. 그 끝을 더듬어 가니 올려다보는 게 괴로울 정도로 큰 나무가.

"우와아, 크다."

마히루 10명 정도, 아니 더 크네.

캠핑장은 코앞에 있는데 마치 다른 세상에 온 듯한 기분. 사람들의 소란스러움으로부터 격리된 자연의 세계…… 한 번 해본 말이지만.

"오, 이 주변이 좋겠네."

아담하게 트인 곳에 서 있는 상수리나무를 발견했다. 나무껍질을 가만히 쓰다듬으니 손바닥에 거칠거칠한 감촉이 전해졌다. 눈높이보다 조금 높은 곳에서 수액이 나오고 있었다.

하지만 무리를 짓고 있는 건 풍이와 나비뿐이고 찾고 있는 장수풍뎅이는 없었다.

지금은 어디선가 쉬고 있겠지.

뭐, 됐다.

군자는 위험한 곳에 가까이 가지 않는다. 수액이 나오는 나무에는 말벌 같은 위험한 곤충도 다가오는 경우가 있으니 오래 있을 수는 없다. 하지만 난 능력 있는 여자. 일부러 위험을 무릅쓰면서까지 장수풍뎅이를 찾진 않는다고.

장소는 짐작이 된다.

이제 때를 기다릴 뿐. 아직 좀 이르단 말이지.

"훗훗후."

난 발길을 돌려서 짐승들이 다니는 길을 걸어 캠핑장까지 돌아갔다.

*

"아, 돌아왔다."

빨래를 끝내고 타프로 돌아오니 마침 미야도 숲에서 나오던 참이었다. 리듬감은 전혀 없이 통통 뛰면서 이쪽으로 왔다.

"어~이, 뭐 하고 있었어?"

내가 물어보자 미야는 턱에 손을 댔다.

"에헤헤, 잠깐 좀~."

"뭐야."

"훗훗후. 내일이 되면 깜짝 놀랄 거야. 그렇지, 아사카~ 바나나 있어~?"

"차에 있는 냉장고에 있어."

"오케이~."

미야는 캠핑카로 향했다.

"장수풍뎅이네."

"장수풍뎅이구나."

아마 포획용 함정을 만들 것이다. 미야는 정말 장수풍뎅이를 좋아하는구나.

그야 나도 어릴 때는 멋지다는 이미지를 가지고 있었지만, 어느샌가 만질 수 없게 되어 있었다. 게다가 장수풍뎅이뿐만 아니라 메뚜기에 사마귀, 나비조차 만질 수 없다. 뭐니 뭐니 해도 그 무기질적인 눈. 생물인데 감정이 전혀 느껴지지 않는 점이 무섭다.

빨래를 텐트 가장자리에 매단 건조망 속에 넣어서 자연건조시킨다. 날씨가 좋으니 저녁때까지는 마르겠지.

미아는 십몇 분 만에 돌아왔다.

그리고 셋이서 느긋하게 차를 마시면서 담소를 나누거나 카드게임 등을 하는 사이에 유우 오빠가 잠에서 깼다.

"끄아, 잘 잤다…… 지금 몇 시야?"

"3시에요."

아사카는 바로 일어나서 유우 오빠 옆으로 갔다.

"오오, 실컷 자버렸나."

"유우 오빠도 카드게임 할래?"

"오오, 할래 할래. 근데 그 전에 뭔가 마시고 싶어."

"자."

내가 아이스박스에서 제일 가까워서 페트병에 든 보리차를 꺼내 던졌다.

"우왓."

"나이스 캐치!"

"나이스 캐치가 아니라고. 나 참…… 푸하아, 맛있다."

넷이서 테이블에 둘러앉았다.

"뭐 할래 뭐 할래?"

미야가 카드를 섞으면서 모두를 둘러봤다.

"넷이면 역시 대부호지"라고 말하는 유우 오빠.

숲 쪽에서 산뜻한 바람이 불어온다. 기온도 조금씩이긴 하지만 내려가기 시작했다.

"잠깐만, 5 내면 다음 사람 스킵이라니 뭐야?! 난 그런 정체불명의 규칙 모른다고."

"네, 유우 오빠, 대빈민."

"자, J백."

"네, 8스탑."

"혁명이야!"

"안 됐네 미야, 혁명 받아치기."

"뭐어? 어어어?!"

그렇게 우리는 저녁까지 대부호를 했다.

*

해가 지고 밤이 되기 직전의, 하늘색과 파란색의 중간 같은 하늘의 색. 달이 어렴풋이 못 미덥게 보이기 시작했다. 머지않아 별들이 반짝이기 시작하고 달도 선명하게 그 윤곽을 드러낼 것이다.

캠핑장 여기저기에 모닥불의 따뜻한 빛이 밝혀졌다. 그리고 우리 곁에도…….

돌을 쌓아 올려 만든 화덕. 바람을 막기 위해 한 방향에만 열린 구멍으로 불이 엿보였다. 그 위에는 냄비가 놓여 있었고 진지한 표정을 지은 미야가 그 속을 응시하고 있었다.

"마히루, 이제 됐어?"

"아직 전혀 안 됐어."

"으음."

미야는 국자를 냄비에 살짝 담가 표면에 뜬 거품을 걷어냈다.

"질렸어~."

"이걸 하느냐 안 하느냐로 맛이 결정된다고 해도 과언이 아니라고."

마히루는 타이르듯이 말했다.

"으음."

오늘 저녁은 카레다. 캠핑 하면 카레. 카레 하면 캠핑. 거품을 걷어내는 작업이 끝난 모양인지 마히루가 루를 꺾어 냄비에 넣기 시작했다. 스파이시한 향기가 감돌았다.

"맛있겠네."

"내가 거품을 걷어낸 덕분이야."

"미야, 장하네."

"더 칭찬해도 된다구."

슬슬 밥을 준비하자.

마히루도 있으니 3홉 정도 지어둘까. 남으면 내일 아침밥으로 쓰면 된다. 물론 여기에는 전기밥솥 같은 건 없다. 그러니 반합이 나설 차례다.

하나 더 만들어둔 화덕에 불을 지폈다.

대부분의 반합은 뚜껑으로 쌀을 계량할 수 있다. 딱 맞게 3홉 분량의 쌀을 반합에 넣고 물을 투입했다.

다음으로 쌀을 씻는다. 이게 좀 난관인데 반합이 좁아서 손을 넣기 어려워 씻기가 어렵다. 반합 자체를 흔들흔들 흔들어서 씻을 수도 있지만, 이 녀석들에게 맛있는 카레를 먹이기 위해서는 타협할 수 없다.

"유우 오빠, 제가 할까요?"

"괜찮아? 고마워."

아사카의 작은 손은 반합에 쉽게 들어갔다.

"끝났어요. 이제 불에 올리는 거죠?"

"아니, 물을 넣고 잠깐 둬. 그렇게 하면 쌀에 딱딱한 부분이 없게 돼."

"흠~, 얼마나?"

미야가 물었다.

"그렇네, 30분 정도려나."

"그렇게나?!"

"맛있는 카레는 시간을 들여야 맛볼 수 있잖아."

"뭔가 유우 오빠의 카레 스위치가 켜졌을지도. 어차피 카레도 푹 끓일 거니까 그 사이에 곁들여 먹을 걸 만들면 되잖아."

마히루는 그렇게 말하고 도마가 있는 곳으로 향했다.

약 1시간 정도 경과하여 주변도 완전히 어두워졌다. 불꽃의 일렁임이 어둠 속에서 아름답게 비쳤다.

드디어 저녁을 먹는다. 넷이서 테이블에 둘러앉았다. 카레, 새우와 브로콜리 감바스, 콩소메 스프에 샐러드로 우리가 만든 것 치고는 상당히 호화로운 식사였다.

"그럼, 먹을까."

난 츄하이를 땄다.

"잘 먹겠습니다."

"잘 먹겠습니다."

"잘 먹겠습니다."

"음, 맛있어."

카레에 확실히 감칠맛이 있고 밥도 부드럽다.

"맛있네."

"맛있어."

"맛있어."

아주 만족스러운 저녁이었다.

＊

저녁 식사 후, 캠핑카에서 순서대로 샤워를 했다. 시원하게 땀을 씻어낸 후, 별이 총총한 하늘을 바라보면서 마시는 맥주는 각별하다.

"어라, 미야는?"

"숲 쪽으로 갔어요. 아마 장수풍뎅이――."

그 단어를 듣자마자 온몸에 오한이 들었다.

아니 뭐, 여름이고, 캠핑하러 왔고, 뒤는 숲이고, 요소는 다 갖춰져 있으니 할 줄은 알았지만. 미야가 돌아와서 경계했는데, 미야는 빈손이었다.

"미야, 장수풍뎅이 잡으러 간 거 아니었어?"

"아니야, 아니 맞긴 한데. 밤엔 위험하니까 함정만 설치하고 내일 아침에 회수할 거야."

"호오."

"케이지에 잘 넣어두라고."

"아, 알았어."

"유우 오빠, 너무 무서워하잖아"라며 마히루가 말했다.

"뭐? 안 무섭거든."

"그럼 빨리 내 등에서 떨어져."

"얘들아, 식후 커피야."

아사카가 특별 주문한 머그컵에 커피를 끓여줬다. 내 건 분명 파란색 하트가 들어간 거였지.

"어때요? 본업으로 하는 사람이 마셔서 긴장되는데."

"아냐 맛있어, 꽤 맛있어."

"그런가요."

아사카는 만족스러운 듯했다.

"마히루는 프림 많이 넣는 걸 좋아했지."

"고마워, 아사카."

랜턴 불빛 아래에서 커피를 마시면서 카드게임을 이어서 했다. 느긋한 시간의 흐름에 어느덧 시간 감각도 사라져 있었다.

"어라, 벌써 10시야."

"여긴 분명 10시 소등이었지."

캠핑장에서 불빛이 하나둘씩 꺼져갔다. 슬슬 잘까.

이를 닦고 볼일을 봤다.

"유우 오빠, 혼자서 적적하지 않아요?"

아사카가 걱정스럽게 말했다.

"괜찮다니깐."

"쓸쓸하면 우리 텐트에 와도 돼."

"잡혀간다고!"

이 녀석들이 꼬맹이라면 그래도 괜찮았을지도 모르지만, 지금은 서로 어른이다. 그런 부분은 확실하게 해두지 않으면 쓸데없는 오해가 생긴다.

"그럼 잘 자."

"잘 자."

"잘 자."

"잘 자요."

우린 두 개의 텐트로 나뉘어 들어갔다.

밤도 깊어진 무렵.

"끅, 끄윽."

난 발버둥 치고 있었다.

모두가 잠든 뒤에 몰래 텐트를 빠져나와 유우 오빠의 텐트에 숨어들 계획이었다. 하지만,

"으으, 움직일 수가 없어."

오른쪽에는 마히루, 왼쪽에는 미야. 중심이라는 위치가 화가 되었다. 둘이 좌우에서 달라붙어 있다. 섣불리 움직이면 둘을 깨워버릴지도 모른다.

"끄으……."

둘 중 한 명이 잘 뒤척이거나 해서 자세를 바꿔주면 어떻게든 빠져나갈 수 있을 것 같은데, 이제 슬슬 내 졸음도 한계였다.

밤을 대비해서 낮잠을 자뒀어야 했다며 살짝 후회했다. 커피를 블랙으로 세 잔이나 마셨지만 그 효과도 슬슬 떨어지려 하고 있었다.

살짝 눈을 감아보니 정말 기분이 좋았다. 이 쾌락에 몸을 맡겨버리고 싶지만, 그러면 야망이 깨진다.

안 된다.

여기서 의식이 끊어지면 아침이 되고 만다…….

아, 안 돼.

"흐아암."

*

"음~."

난 문득 잠에서 깼다.

시야가 흐릿했다. 아직 밤이다. 눈을 감은 그때, 아랫배에 자극을 느꼈다.

"……오줌."

졸음과 요의를 저울질 해봤다.

아, 이 느낌은 방치하면 위험한 거다.

하지만 움직이고 싶지 않아.

몇 분 동안 잘 생각해보고 난 비틀비틀 일어났다. 아사카도 마히루도 새근새근 자고 있으니 깨우지 않도록 살살 일어났다.

"으으, 어이쿠."

어두워서 앞이 잘 안 보인다. 뭔가 천 같은 것에 발을 걸려 넘어질 뻔했다.

위험하네, 위험해.

텐트에서 나왔다. 공중화장실까지는 거리가 있으니 캠핑카의 화장실에서 볼일을 봤다.

졸려.

빨리 자고 싶다.

오늘은 아침 일찍 일어나 준비를 하고 텐트 설치와 프리스비, 숲 산책 등을 해서 몸을 많이 움직였다. 그 피로는 졸음으로 변환되어 내 뇌 속을 유린했다.

졸려.

"흐아암."

난 크게 하품을 하고 텐트에 들어갔다. 그대로 쓰러지듯이 내 침낭에 들어갔다.

"후우."

"크학."

잠버릇 안 좋은 애가 내 침낭이 있는 곳까지 이동했잖아? 어두워서 잘 모르겠지만 아마 위치를 생각하면 아사카일까.

"아사카아…… 미안해."

어라? 아사카 왠지 딱딱해졌는데?

뭐, 상관없나.

더는 수마를 이겨낼 수 없다. 아사카를 안으면서 눈을 감았다.

자, 자자.

4

벌써 아침인가.

알람 대신 짹짹 인사를 나누는 새들의 소리가 들려왔다.

마음이 편안해진다. 자연 속에서 자고 일어나는 건 정말 기분이 좋다. 어차피 쉬는 날이니 좀 더 자자.

그때, 난 어떤 이변을 알아차렸다. 온몸에 압박감과 무게를 느꼈다. 마치 사람 한 명이 내 몸 위에 올라가 있는 것 같다.

뭐지, 가위눌렸나?

회사를 다닐 때는 스트레스와 피로 때문인지 자기 전과 일어날 때 항상 가위에 눌렸다. 근데 당시와는 느낌이 조금 다르네.

괴롭긴 하지만 달콤한 향기가 코를 간질여서 그렇게 불쾌하진 않다. 게다가 뭔가 폭신폭신한 감촉이······.

"······응?"

미심쩍게 여겨 난 눈을 뜨고 머리를 들었다. 그 순간, 한 번에 잠이 깼다.

"어?! 아니······ 뭐야?"

상황이 이해 안 된다.

우선 눈에 들어온 것은 기분 좋게 잠들어 있는 미야의 얼굴. 내 가슴 근처에 얼굴을 올리고 자면서 새근새근 숨소리를 내고 있었다. 내 오른손은 미야의 뒤통수에 놓여 있어서 마치 끌어안고 있는 듯한 자세였다.

왜, 왜 미야가 내 텐트에? 미야는 내 혼란을 개의치 않고 숙면하고 있었다. 배 근처에 부드럽고 큰 것이 두 개나 올라와 있어서 난 바로 아버지와 탓쨩이 사우나에 들어가 있는 장면을 상상해서 흥분을 억눌렀다.

아니다, 진정해라, 나.

미야다.

그래, 예를 들면 밤중에 화장실에 갔다가 그대로 잠에 취해서 이쪽 텐트에 들어와 버린 경우는 충분히 생각할 수 있다. 그렇다기보다는 그것 말고는 생각할 수 없다.

미야라면 그럴지도 모른다.

이 녀석은 옛날부터 어설프다고 해야 할까, 어딘가 얼빠진 면이 있었다. 그건 성장해도 그다지 변하지 않았다. 아니아니, 그런 것보다 이 상황은 좋지 않다.

우리 둘이 같은 텐트에서 일어나는 모습을 옆에 있는 두 사람에게 들키면 좋지 않은 오해를 당할 가능성이 있다.

안 그래도 30이 가까운 아저씨에 여고생 세 명은 사회적으로 봤을 때 불건전한 조합이다. 마히루와 아사카가 일어나기 전에 미야를 옆 텐트로 돌려보내야 한다.

"야, 미야. 일어나."

미야의 머리를 가볍게 두드렸다.

"흐에?"

"일어났구나."

"어? 유우 오빠?"

미야는 얼굴을 새빨갛게 물들이고 몸을 일으켰다.

"왜, 왜왜왜, 왜 우리 텐트에?"

"큰 소리 내지 마, 바보야. 잘 들어, 여긴 내 텐트야. 잘 봐."

"헤?"

미야는 주위를 둘러봤다.

"어라? 정말이네. 하지만 왜……."

"작은 소리로 말해야 한다? 알겠어? 아마 잠에 취해서 텐트를 착각했을 거야. 너, 어젯밤에 화장실에 가거나 했어?"

"응."

미야가 끄덕 하고 고개를 끄덕였다.

"역시. 분명 갔다가 돌아오는 길에 착각해서 이쪽 텐트에 들어온 거야."

보통 그런 일은 거의 일어나지 않을 거라 생각하지만, 미야라면 그럴 수 있다.

"에엑, 그 말은 나, 유우 오빠랑 같이 하룻밤 잤다는 거야?"

상황이 이해되기 시작한 모양이다. 미야는 창피한 듯이 입가를 가리고 시선을 이리저리 돌렸다. 미야는 꾸물꾸물 몸을 꼬면서 가만히 날 내려다봤다.

"아, 괜찮아, 안심해. 나도 지금 일어나서 알아차렸으니까. 아무 짓도 안 했어."

동생 같은 아이를 건드릴 리가 없다.

"……뭐야아."

"어? 무슨 말 했어?"

"딱히~."

"뭐, 그건 그렇고, 쟤네는 아직 자고 있을 테니까 빨리 돌아가."

들키기 전에 돌아가 버리면 아무 문제 없다.

"아, 알았어——."

그렇게 미야가 일어선 그때, 옆 텐트에서 고막을 찌르는 크고 날카로운 소리가 울렸다.

"시, 시끄러워. 이 소리는 뭐야."

"아, 장수풍뎅이 잡으러 갈 거라서 알람 설정해뒀었지."

"뭐어?"

소리는 5초 정도 후에 멎었다. 그 직후, 옆에서 부스럭부스럭

하고 옷이 스치는 듯한 소리가 들려왔다.

"시끄럽네, 뭐야, 아직 6시잖아."

마히루의 목소리다.

"마히루, 그건 아마 미야가, 장수풍뎅이."

아사카의 목소리도 들려왔다.

"야 미야, 어라? 없잖아."

"이미 일어나서 잡으러 갔을지도."

"그럼 알람은 해제하고 가라고…… 안녕, 아사카."

"안녕, 마히루."

지금 울린 알람으로 두 사람이 완전히 잠에서 깨버렸다.

"큰일이야 큰일, 둘이 일어나 버렸어."

"진정해."

난 텐트 입구에 몸을 가까이 대고 바깥의 상황을 살폈다.

"왠지 잠이 깨버렸어. 오, 날씨 좋다."

이런, 마히루가 밖으로 나와 버렸다. 마히루는 텐트 입구 앞에서 아침 해를 쬐면서 스트레칭을 하기 시작했다. 길고 하얀 팔다리가 쭉 뻗었다. 그 몸의 유연함과 부드러움은 무심코 넋을 잃고 볼 정도로…….

"……!"

그때 중대한 사실을 깨달았다. 식은땀이 겨드랑이를 타고 흘렀다.

절대적인 위기…….

미야의 스니커가 내 텐트 앞에 있는 것이다.

당연히 그렇겠지. 내 텐트에 들어왔으니 신발이 이 텐트 앞에 벗어 던져져 있는 건 당연한 일이다. 그리고 만약 이걸 들키면 발뺌할 수 없는 물증이 될 것이라는 사실 또한 당연……

"하나 둘, 셋 넷."

마히루는 스트레칭에 집중하고 있어서 다행히도 스니커는 아직 들키지 않았다. 난 천천히, 되도록 소리를 내지 않고 입구의 지퍼를 열었다.

부탁한다. 마히루. 이쪽 보지 마.

그리고 손만 밖으로 내밀어 미야의 스니커 회수를 시도했다. 소리를 내지 않고, 그리고 신속하게.

"어라? 유우 오빠?"

손을 텐트 안으로 다시 넣는 것과 거의 동시에 마히루와 눈이 맞았다. 몸을 뒤로 젖힌 마히루는 거꾸로 뒤집힌 웃는 얼굴을 보여줬다.

"안녕."

"어, 어어, 안녕."

마히루의 반응을 보니 들키지 않은 것 같다.

"좋은 아침이야."

"그, 그렇네. 하하."

이번에는 아사카가 '유우 오빠'라고 말하며 텐트에서 나왔다.

"안녕하세요. 잘 잤어요?"

아사카는 내 텐트 앞으로 왔다. 큰일이다. 안을 들여다보면 미야가 있다는 걸 들킨다.

"어? 아아, 안녕. 물론 잘 잤지."

난 딱 한순간 뒤돌아보며 '숨어'라고 입을 뻐끔거렸다.

＊

'숨어'라니 이 좁은 텐트 안에서 어떻게 숨으라는 거야.

짐은 내 몸을 가리기에는 너무 낮고, 유우 오빠 뒤에 딱 붙어도 분명 들킬 거다. 입구 바로 옆에 서면 사각이 되려나? 아니, 아사카가 각도를 살짝 바꾸면 바로 들킨다.

그렇다면 남는 곳은⋯⋯.

"⋯⋯."

어쩔 수 없지.

불가항력이니까. 달리 숨을 곳은 없고. 그렇게 난 유우 오빠의 침낭 속에 파고들었다. 온몸을 숨길 수 있는 장소는 여기밖에 없으니 어쩔 수 없다. 다소 부풀어 있어도 어두운 텐트 안이라서 그렇게까지 위화감이 들지는 않을 것이다.

유우 오빠의 향이 내 온몸을 감쌌다. 안정되는데 두근거린다. 이상한 느낌. 게다가 뭔가 그리운 느낌이 들었다.

"어라? 안색이 안 좋아요. 수면 부족인가요?"

"아니, 그런 거 아니야. 푹 자서 쌩쌩해."

"혼자 쓸쓸하진 않았어요?"

"괜찮다니깐."

좋아 좋아, 현재로서는 들키지 않았어.

"이제 아침 먹을까요?"

"응, 그렇네. 배고프네."

"좋아, 아침밥 할까."

마히루가 기운 넘치는 목소리로 말했다.

"유우 오빠, 왜 계속 거기에 있는 거예요? 나오세요."

"어어, 그렇네."

지퍼를 여는 소리가 들려왔다. 어째 유우 오빠는 밖으로 나간 것 같다. 두 사람의 발소리가 멀어져갔다.

"후우."

어떻게든 세이프. 극복했다.

난 침낭으로 몸을 감싼 채로 입구에 얼굴을 가까이 댔다. 이제 마히루와 아사카에게 들키지 않게 여기서 탈출하기만 하면 된다.

그리고 5분 정도의 시간이 지났다.

타프 아래에서 아침 식사 준비를 하는 세 사람. 그 자리를 뜰 기미는 전혀 없었다.

좋지 않다.

좀처럼 나갈 타이밍이 없어.

텐트 입구 정면에 타프가 설치되어 있다는 위치 관계상 내가 여기서 나가면 순식간에 들킬 것이다.

거리로 치면 대충 2, 3미터.

어떻게든 유우 오빠가 여기서 둘을 떼어내 줘야 한다. 입구의 메쉬를 사각사각 긁어서 유우 오빠에게 신호를 보냈다.

"유우 오빠, 파스타 다 삶았어요."

"좋아, 그럼 볶을까."

"유우 오빠, 슬슬 무 갈까?"

"그래, 부탁할게."

유우 오빠, 요리에 열중하지 말고 눈치채줘!

*

허둥대지 마라, 미야.

둘을 한 번에 이 자리에서 움직이는 건 무리다. 한 명씩 착실하게, 그리고 자연스럽게 가자. 그래, 클로즈드 서클 안에서 살인마가 타깃을 한 명씩 처리해 나가듯이.

아침 식사인 참치와 무 스파게티가 완성된 틈을 노려 난 자연스럽게 말을 꺼냈다.

"그러고 보니 미야는 아직 안 오려나."

자연스럽게 숲 쪽을 봤다.

"우리가 일어나기 전에 갔으니까 이제 돌아올 때도 됐는데."

"분명 장수풍뎅이랑 놀고 있지 않을까."

"이제 밥 먹어야 하는데. 마히루, 불러와 주지 않을래?"

"알았어."

마히루가 뛰다시피 빨리 걸어 숲속으로 들어갔다.

좋아, 이제 마히루는 처리됐다. 숲속에 없는 미야를 찾아다니니 5분이나 10분은 벌 수 있겠지. 그 사이에 아사카를 텐트에서 떼어내면 임무 완료다.

난 텐트 쪽으로 몰래 윙크했다.

"유우 오빠, 왜 그래요?"

"아니, 아무것도 아냐. 그렇지, 아사카, 모처럼이니까 커피도 같이 마시고 싶어."

"알았어요. 아, 아직 머그컵을 안 씻었어요. 잠깐 씻어올게요."

"나도 도울게."

"고마워요."

아사카는 생긋 웃는 얼굴로 대답했다. 그렇게 난 아사카와 함께 취사장으로 향했다. 후후후, 이로써 미션 컴플리트다.

*

나이스 유우 오빠. 이제 아무도 없게 되었다. 아쉽지만 지금 나가야 한다.

"영차."

난 침낭에서 기어 나와 스니커를 들고 텐트에서 빠르게 나왔다. 아침 해가 눈을 자극했다. 긴장에서 해방돼서 무거운 숨이 자연스럽게 새어 나왔다.

"후우."

한때는 어떻게 되나 싶었지만, 아무 일도 없이 끝나서 다행이야. 테이블 위에는 밥상보에 덮인 아침 식사가 준비되어 있었다.

맛있겠다. 이제 세 사람을 기다리기만 하면…… 그게 아니다.

난 어디까지나 잡목림에서 장수풍뎅이 채집을 하고 있는 것으로 되어 있으니까 마히루랑 숲속에서 만나야만 한다. 그러지 않으면 '어디에 가 있었는가'라는 의혹이 불거진다.

난 숲속으로 뛰어들어 장수풍뎅이 함정을 깐 나무로 서둘러 갔다.

장수풍뎅이 외에도 풍이와 나비 등이 잡혀있었다. 그 곤충들을 척척 제거하고 장수풍뎅이만 케이지에 넣었다. 그때.

"아, 어~이, 미야."

마히루의 목소리가 들렸다.

"겨우 찾았네."

"어라~? 마히루, 왜 그래~?"

"왜 그래, 가 아니라고. 다들 이미 일어났어."

"에~. 그렇구나~."

"숲속을 찾아다녔다고."

"미, 미안."

"자 가자, 아침밥은 이미 다 돼 있으니까."

"으, 응. 배고프네~."

모두가 있는 곳으로 돌아와 아침을 먹었다. 마히루와 아사카의 모습을 보니, 내가 유우 오빠의 텐트 안에 있었다는 사실은 들키지 않은 것 같다.

그건 그렇고 오늘 아침엔 깜짝 놀랐다. 나도 모르는 사이에 유우 오빠랑 같은 곳에서 하룻밤을 보냈다니.

난 유우 오빠를 좋아하는데, 유우 오빠는 어떨까. 역시 아직 동생처럼 생각하고 있을까. 내가 갓난아기일 때부터 보살펴주고, 유우 오빠가 도쿄에 있었던 10년 이외에는 쭉 같이 있었다.

막연하긴 하지만 난 유우 오빠랑 결국 연인 사이가 될 것이라고 확신하고 있다는 것을 부정하지 않는다.

근거도 없고 유우 오빠의 마음을 확인한 것도 아니지만, **뭔가**가 내 마음속에서 호소하고 있다. 우린 앞으로 쭉 함께일 거라고.

그 뭔가가 대체 무엇인지는 아직 잘 모르겠지만, 뭔가 정말 **그리운 듯한**……?

살짝 유우 오빠 쪽을 보니 마침 유우 오빠도 내 쪽으로 눈짓해서 시선이 마주쳤다. 유우 오빠는 얼굴을 약간 빨갛게 물들이고 시선을 앞으로 삭 돌렸다.

유우 오빠도 의식하고 있는 것 같아 기분이 좀 좋다.

그리고 우리는 오후까지 캠핑을 즐기고 저녁쯤에 귀가했다.

넷이서 온 이 캠핑은, 우리의 소중한 추억으로 언제까지나 마음속에 남을 것이다.

*

그날 밤, 방에서.

난 유우 오빠의 침낭에 남아있던 긴 머리카락을 집어 들었다.

"과연, 그런 거구나."

전등 빛을 받아 갈색으로 빛나는 머리카락.

"미야도 꽤 하는구나."

갈색 머리카락을 집어 들고 난 생각했다.

유우 오빠의 침낭에서 미야의 머리카락이 발견됐다는 건 미야가 이 침낭을 썼기 때문이다.

언제?

내가 기억하고 있는 범위 안에서 미야가 유우 오빠의 침낭에 들어간 상황은 없었다. 밤에는 우리와 같이 텐트에서 잤고, 낮에도 미야가 유우 오빠의 텐트에 들어가는 모습은 못 봤다. 그렇다면 그 타이밍밖에 없을 것이다.

오늘 아침, 미야는 사실 어디에 있었는가.

정말로 장수풍뎅이를 잡으러 숲으로 간 건가?

그 답이 이 머리카락이다.

객관적으로 상황을 분석해보면 미야가 유우 오빠의 텐트에서 하룻밤을 보냈다는 건 의심할 여지가 없다. 하지만 거기에 남녀로서의 의미가 포함되어 있었는지를 생각하면 위화감이 든다.

애초에 어젯밤, 미야는 내가 잠드는 것보다 더 빨리 자고 있었다. 셋 중에서 마지막까지 일어나 있었던 사람은 다름 아닌 나 자신이다. 그건 확실하다. 그래서 난 유우 오빠의 텐트에 숨어들지 못했다.

양옆에 있는 둘에게 안겨 꼼짝 못 했고, 이때 미야는 자고 있었다. 즉, 미야가 유우 오빠의 텐트에 들어간 건 내가 잠든 이후라는 뜻이다.

또한 미야는 알람을 설정하는 등, 다음 날 아침의 장수풍뎅이 채집을 위해 준비를 해뒀다.

무엇보다 만약 두 사람이 심야의 밀회를 계획하고 있었다면, **같은 텐트에서 취침할 리가 없다.** 나와 마히루에게 **알려져서는 안 되기에 하는 밀회**니까.

만약 우리가 먼저 기상해서 그 현장을 들키면, 밀회라는 수단의 목적에서 벗어나 버리지 않는가.

그러한 사항을 고려하면 미야와 유우 오빠가 밤에 몰래 만날 목적으로 같은 텐트에서 하룻밤을 보냈다고 생각할 수는 없다. 어떠한 사고, 혹은 우연의 결과일 것이다.

결과로부터 역산하면, 적어도 미야는 심야에 우리 텐트에서 한 번 나갔다. 그 이유가 목이 말랐던 것인지 밤 산책을 간 것인지, 아니면 화장실에 간 것인지는 알 수 없으며 내용은 그다지 중요하지 않다.

아무튼 미야는 텐트에서 한 번 나왔다. 그리고 돌아올 때 잠이 덜 깨서 텐트를 착각하고 말았다. 이게 가장 무난한 상황이다.

사람에 따라서는 '그런 일이 있을 수 있는가?'라며 지적하고 싶어지겠지만, 난 어릴 때부터 십수 년 동안이나 미야를 봐왔다. 그녀의 도를 넘는 어설픔은 잘 알고 있다. 이젠 어설픈 것을 넘어서 덜렁이, 아니, 허당이라 해도 좋을 정도다.

"미야라면 그럴 수 있지."

그리고 유우 오빠는 알아차리지 못한 채로 있었고, 미야는 유우 오빠의 텐트에서 취침하고 아침을 맞이했다.

너무 부럽다…….

난 유우 오빠의 침낭에 감싸였다. 유우 오빠의 강렬한 냄새에 섞여서 미야의 달콤한 향기가 살짝 났다.

뭐, 문제는 여기서부터다.

아마 미야와 유우 오빠와 우리가 기상한 시간은 상당히 가까울 것이다.

만약 미야와 유우 오빠가 먼저 일어나 있고, 시간적인 여유가 있었다면, 유우 오빠는 바로 미야를 우리 텐트로 돌려보냈을 것이다. 그러지 않았다는 것은 시간적으로 여유가 없었기——우리가 이미 일어나 있었기——때문일 것이다.

즉, 내가 텐트 안을 들여다봤을 때, 미야는 아직 텐트 안에 있었던 것이다. 숨을 수 있는 장소는 침낭밖에 없으니, 그때 미야는 이 안에…….

다시 생각해보면 그때 유우 오빠는 약간 허둥댔던 것 같다.

그리고 유우 오빠는 우리에게 그 사실이 알려지지 않도록 은폐라는 수단을 선택했다. 결과적으로 그건 성공해서 미야는 우리에게 들키지 않은 채로 유우 오빠의 텐트에서 탈출에 성공한 것이다.

중요한 점은 그것이다.

실은 이러이러해서 미야가 자신의 텐트에 있었다고 해명을 할 수도 있었을 텐데, 유우 오빠는 끝까지 숨기려고 했다. 생판 남이라면 몰라도, 우리 사이니까 **웃음거리로 끝낼 수도 있었는데**…….

그게 이번의 수확이다.

유우 오빠는 무사주의라 할 정도는 아니지만 가능한 한 말썽을 피하거나 세상 체면을 신경 쓰는 경향이 있다. 그건 분명 과거의 갖가지 오해로 인한 사안이 영향을 주고 있을 것이라 생각한다.

만에 하나라도 미야와의 사이를 의심받는다면…… 그런 리스크를 생각해서 우리가 알지 못하도록 미야를 텐트에서 빼낸다는 선택을 했을 것이다.

그리고 그건 유우 오빠의 이성의 발로이기도 하다.

지금까지 내가 하고 싶은 대로, 가끔은 과격하게 다가가도 유우 오빠는 당황하긴 해도 욕망에 휩쓸려 나에게 손을 대는 일은 없었다. 그건 여성에 대한 면역이 없는 게 원인일지도 모른다고 생각하고 있었지만, 아무래도 난 근본적인 부분을 잘못 생각하고 있었던 것 같다.

유우 오빠에게 우리 셋은 어릴 때부터 알고 있는 동생 같은 존재이며, 그런 동생 같은 사람을 상대로 자신은 절대로 손을 대서는 안 된다는 자제와 책임감이 발현된 것이다.

그게 이번 대응으로 확실하게 드러난 것처럼 느껴진다.

10년 전이라면 문제지만, 이제는 성숙한 남자와 여자. 사회적으로는 아무 문제 없는데, 이 얼마나 결벽스러울까.

미야는 여자인 내가 봐도 사랑스러운 미소녀다. 그런 여자아이와 동침했는데도 스스로 자제하고 욕망을 억누르다니…….

"후후…… 착실한 사람이야."

그 강한 책임감은 도전할 때는 높게 느껴지지만 한 번이라도 뛰어넘으면 견고한 방패가 되어 날 지켜줄 것이다. 어중간한 접근은 오히려 유우 오빠의 가드를 굳힐 뿐.

즉——.

"——만 만들어버리면."

유우 오빠다. 책임은 확실하게 지려고 하겠지.

"우후후후후."

그때 짤까닥 하고 문이 열리며 아버지가 얼굴을 살짝 내비쳤다.

"아버지, 노크 정도는 해주세요."

"아아, 미안…… 아사카, 왜 침낭에 들어가 있는 거니?"

"괜찮잖아요. 무슨 문제 있나요?"

"아니, 괜찮은데. 그보다 캠핑은 재밌었니?"

"네, 아주."

"그런가, 그거 다행이구나."

"식품은 거의 다 소비했지만 술은 조금, 이 아니라 꽤 많이 남았어요. 양이 많아서 유우 오빠 혼자서는 다 못 마신 것 같아요."

"역시 많았나."

아버지는 묘한 곳에서 오지랖이 넓다.

"그렇지, 아버지. 또 부탁이 있어요."

"뭐니?"

"그러니까——"

그날 밤, 난 유우 오빠의 냄새에 휩싸여 잠들었다.

후기

'10년 만에 재회한 건방진 꼬맹이는 청순 미소녀 여고생으로 성장해 있었다' 제3권, 어떠셨나요?

3권부터 '즐거웠던 여름 방학'이 시작되어 드디어 제대로 된 러브코미디를 시작합니다. 건방진 꼬맹이 셋이 유우 곁에 모여 히로인 레이스가 본격적으로 시작되려 하는데 초반부터 독주하는 아사카, 옛날 그대로의 관계를 유지하고 싶은 마히루, 레이스가 시작됐다는 것조차 알아채지 못한 천진난만한 미야, 이렇게 각자의 입장이 갈린 3권.

아사카는 감정이 이끄는 대로 달리지만, 유우는 과거의 건방진 꼬맹이 파트에서 몇 번이나 신고, 오해를 받은 쓸쓸한 기억 때문에 세상에 대한 체면을 신경 쓰게 되어 무의식중에 경계를 강하게 하고 가드를 굳히고 맙니다.

과거의 신고 엔딩이 현대에 효과를 발휘할 줄이야, 아사카, 유감. 어중간한 접근은 유우의 가드를 굳히기만 한다는 걸 캠핑에서 깨달은 아사카가 다음으로 취할 행동은 과연……?

마히루는 겨우 돌아온 유우와 함께 있는 일상을 지키고 싶기에 자신의 감정을 억눌러버립니다. 처음 읽었는데도 '더는 헤어지고 싶지 않아' 속에서 '사랑해'를 찾아낸 사람은 대단해요!

마히루의 마음이 겉으로 드러나는 건 언제가 될지.

미야는 막언하긴 하지만 유우와 자신이 연인 사이가 될 것이라고 생각하고 있는 모양. 과거의 사건에 어떤 힌트가 있는 것 같지만, 그녀는 그걸 잊어버린 것 같습니다. 대체 무슨 일이 있었을까요.

그리고 이번 권부터 신세대 건방진 꼬맹이, 미소라, 타츠키, 메이가 본격적으로 등장. 미소라는 1권부터 등장했지만, 타츠키와 메이도 사실 1권에서 살짝만(진짜 살짝) 등장했습니다. 찾아보세요.

시모무라 씨도 10년이 지나 반의 마돈나에서 한 아이의 어머니로. 10년이라는 시간이 가져오는 변화는 아이의 성장뿐만이 아니군요.

새 캐릭터라고 하면 철벽성녀 중 마지막 한 명, 토가미 유우히도 이 권부터 등장했죠. 설마 유우의 친척일 줄이야. 현재로서는 건방진 꼬맹이 파트에서만 등장했는데, 현대 파트에서 등장하는 날은 올 것인가. 아침, 낮, 밤의 히로인 레이스에 저녁은 어떻게 관여할까요.

그리고 이번 권부터 건방진 꼬맹이와 현대 파트의 대비 일러스트 삽입을 시도해봤습니다. 책 첫머리의 수영장 그림과 아사카가 강아지 귀와 개목걸이를 한 삽화는 1권의 첫머리 그림과 삽화의 오마주입니다. 이건 이전부터 해보고 싶었던 것인데, 두 시대를 번갈아 가며 묘사할 수 있는 이 작품 특유의 연출이 아닐까요.

자, 이벤트를 한가득 담아 전해드린 '즐거웠던 여름 방학'도 전반이 끝났습니다. 아사카가 대활약을 하고 있는 가운데, 후반에 유우와 꼬맹이들의 관계가 어떻게 변해갈지 기대해주세요!

마지막으로 일러스트를 담당해주신 히게네코 씨, 담당편집 N 씨, 그리고 읽어주신 여러분, 감사합니다.

2023년 6월 모일 칸자이 유키

10NENBURI NI SAIKAISHITA KUSOGAKI WA SEIJUN BISHOJO NI SEICHOSHITEITA Vol.03

ⓒ2023 yuki kanzai
First published in Japan in 2023 by OVERLAP, Inc.
Korean translation rights reserved by Somy Media, Inc.
Under the license from OVERLAP, Inc., Tokyo JAPAN

10년 만에 재회한 건방진 꼬맹이는
청순 미소녀 여고생으로 성장해 있었다 3

2024년 9월 1일 1판 2쇄 발행

저　　　　자	칸자이유키
일 러 스 트	히게네코
옮 긴 이	박정철
발 행 인	유재옥
총 괄 이 사	조병권
출판본부장	박광운
담 당 편 집	박치우
편 집 1 팀	박광운
편 집 2 팀	정영길 조찬희 박치우 정지원
편 집 3 팀	오준영 이소의 권진영
디자인랩팀	김보라
디지털사업팀	박상섭 김지연 윤희진
라이츠사업팀	김정미 맹미영 이윤서
영업마케팅팀	최원석 박수진 이다은
물 류 팀	허석용 백철기
경영지원팀	최정연
인쇄제작처	㈜코리아피앤피
발 행 처	㈜소미미디어
등　　　　록	제2015-000008호
주　　　　소	서울시 마포구 토정로222, 502호 (신수동, 한국출판콘텐츠센터)
판매 및 마케팅	(070) 8822-2301

ISBN 979-11-384-8238-7 04830
ISBN 979-11-384-8069-7 (세트)